JN202818

はんぷくするもの

毅(つよし)は手を洗わなければならなかった。汚れがついたわけではない。しかし、むず痒(がゆ)いような切迫感に急(せ)き立(た)てられる。だから、必ずハンドソープで洗い清めなければならない。

客は一向にやって来なかった。プレハブの仮設店舗内を点検すると、蒸し暑さがそこかしこに蟠(わだかま)っていて、毅は窓を二ヶ所開け放ち、換気扇を回した。こうすることでなんとか室内は室外と同じほどの温度に保たれる。だが、それ以下には決してならない。エアコンがなかったし、もしエアコンなど使ったならば、月々の電気代は恐るべきものになっていただろう。

箒(ほうき)を人差し指と親指でつまみ持ち、振り子みたいに動かしながら僅(わず)か十畳ほどの店舗内を点検する。ポテトチップスを整列させ、せんべいを補充し、冷蔵ショーケースの中で横倒しになったポカリスエットのショート缶を起き上がらせる。床は歩くと地震が起きたように揺れる。板敷きで一歩ごとにボフと音がし、それでも踏み抜いたことはない。しかしいつか足が床を突き破るさまを毅は思い描いてしまう。

日頃見えないが日光によって照らし出された店舗内は、無数の舞い上がった砂埃で充満している。幾らでも吸い込んでいるはずなのに、咽るわけでもなく、鼻水が出るわけでもない。ただ砂埃が肉体のどこかに山積していくさまが、映像として居残る。砂時計みたいなそれは、一定以上の高さになると何かが巻き起こる気がしてならない。何が起こるかはわからないが、致命的な何かだ。

仮設店舗で過ごすなど、ほんの数分だ。客がひっきりなしにくるならばともかく、来ても一人二人なのだし、常駐する意味は薄い。

だから見なし仮設の住居にいる。仮設店舗に客が来たら人感センサーで見なし仮設のチャイムが鳴る仕掛けだった。そこから仮設店舗に駆け込んでも遅くはない。土地柄も物騒というのとはかけ離れた長閑(のどか)なところだ。ただし、過疎は長閑をどこか超えてうら寂しさへと至り、当然住民の少ない集落で店を続けることは容易ではなかった。

どちらの建物も仮設だった。プレハブ店舗は借り物だし、見なし仮設の家は親戚から借り受けたものだ。借りたならば返さなければならない。幸い親戚は西日本に行っていて、こんな辺鄙(へんぴ)なところに戻る予定は今のところないから、いつまででも借りていて良いと言ってくれていたが、死ぬまでいるわけにはいかないだろう。それに県が仮設住宅の代わりとして借り上げてくれている制度がいつ終わるともしれない。終われば家賃は自分で捻出しなければならない。この店を継続してもそんな金はどうにも湧き出てこない。

「もう店は捨てて別な土地で暮らしてもいいべえ。災害公営住宅も随分建ってるんだがら」

母は以前そう言った。もう役目は終わった店だと母は言うのだった。毅はそれに反撥しつつ、では今の赤字生活を打開できる術が何かあるかというと、どこにもなかった。だが、百年続いている商売を辞めて何ができるかというと、毅には何もなかった。自営業ばかりやってきた人間をいまさら期待を持って受け入れてくれる企業があるだろうか。彼はすでに三十歳を過ぎていたし、特別な資格を取得しているわけでもなかった。

それに風峰さんのこともある。彼女ばかりは定期的にやって来て、嬉しそうに商品を選び、ここがあると便利だがねえ、といつも言うのだ。そんな客がいる限り、続けることは意味がないでもない。

「それは奉仕活動だべえ」と母は反駁し、苛立った顔で真っ直ぐ毅を見たので、彼は傷んできた障子へ視線を逸らす。容赦なく言葉は続く。「そんなことをしてたら貯金がなくなるばっかりだが」

母のほうが踏ん切りがついていることに、毅はなんともいえないやりきれなさを覚える。商店兼生家を津波で流されて、ここでもう一度店を再開させようとしたのは母だった。狂ったような情熱で、僅か二ヶ月でプレハブを探し当て、夏に入る前に商売は再開された。そして今、五年が経過し、暗鬱な情念の乾いた仮面で、母は店の終焉を時告げ鳥みたいに宣告するのである。

一日に一度は辞める辞めないの議論になり、毅はうんざりして返事もしないが、家計の状況を正確に把握しているのは母であり、彼はただ意地を張っているだけだ。数人の固定客のために、財産を失って生活保護などに頼るようになっては、世間からは白い目で見られ、阿呆だと決めつけられるだろう。理は母にある。毅にはそれがわかっているからこそ、駄々をこねているのだった。

電気を点けるのも無駄だからと、閉店は日が高い時間に設定されていたため、そろそろ今日も店じまいの頃合いだった。疲弊したアザラシみたいな格好でテレビを横目に見ていた母が、くるりとこちらに焦点をあわせるので、また辞めるだの辞めないだのの話かと毅はうんざりして視線を逸らそうとしたが、その前に言葉は放られた。

「古木さん来たった？」

「古木さん？　最近はもう来てないんじゃないの？」

「そっか、ならいい」

母はテレビに向き直るでもなく、障子と花柄のベージュ色カーテンの方へと視線を送り、そこに何か重大な問題が潜んでいるかのように凝視した。

「古木さんがなんなの？」と毅が訊くと、母は言いにくそうにもごもごしていたが、常となった情念とは切り離され、どこか寂しささえ抱えたような落ち込んだ声を出した。

「貸してあるんだあ。物を」

「え？　幾ら？」

「三千円くらい」

「なんで古木さんに貸したの！」

急に大きな声を出して、毅は自分さえ怯むのを感じた。しかし、どうにも腸が煮えくりかえってしようがない。

古木さんは震災前からの客で、以前からツケで物を買っていく人だった。

決して現金払いしない。支払い期限を決めるのだが、それを守ったためしがない。しかも居直っているのか、必ず払うからまた商品を貸してくれと頼み込んでくる。毅は冷酷にそれを拒絶したが、母は自分は騙されない人間だと日頃胸を張っているくせに、そういう相手に対しては弱腰で、ついつい貸してはまた返済期限が守られないことになる。

毅がにべもなく断るせいか、古木さんはまず電話で借りられるか確認をし、その上で四キロほど離れた地域から自転車でやって来る。ツケで売るのは本来周辺の一キロくらいを念頭にしているのだが、拝み倒すので仕方なく貸しているのだ。離れれば離れるほど日常での接触がなく、回収も難しくなる。第一、まだツケをやっている店など他にあるのだろうか。震災後はツケはやめようとしたが、結局継続してしまい、払いの悪い客に悩まされることになった。

古木さんはまだ若い。といっても毅よりも幾分年嵩だろう。体格は太りぎみで、顔に痘痕がある。垂れぎみの目をした男であり、話し方にも不審などころはないのだが、定職につかず日頃何をしているのかわからない。以前十五キロほど離れた市街地で自転車に乗っているのを見かけた。毅も軽自動車で仕入れに行ったときだった。そこまで自転車で行ってしまう根性は見上げたものだが、その力を別の方面に振り分けて貰いたいと毅は車内で苦笑した。古木さんは払いが悪いことからも明らかだが、経済的に逼迫しており、安いものを自転車で買い求め、近隣で一軒だけの値段は安くないがツケができる店で買い物し、出来る限り払うのを遅らせようとしているのだろう。

母は俯き、責任は自分が持つから、と食卓代わりの炬燵の白板の上の食べかすをティッシュで摑まえ、捨てた。毅は一度手を洗いに行き、脂のなくなった掌がかさつかないようにハンドクリームを塗った。

年老いて弱々しい母を問い詰めるでもなく、毅は古木さんのことをぼやいた。

津波が来ても地域の奥まったところにあったからまるで被害さえなかった家であるのに、こんなすべて流された家に頼るなんて、我が家などタオルばかり持ち出せただけだったのにと彼を詰(なじ)った。

つられて母も、鈍重な顔面を僅かにほころばせたので、毅も冗談っぽく震災当時を語った。

四つに割れ、二階が落っこちた生家を見ながら、周囲を探索すると、二階のさらに上の屋根裏部屋みたいな小さなスペースから、巨大なブリキ缶に入ったタオルばかり大量に回収できた。他にも色々と落ちていたが、泥まみれでとても使用できるようではなかったので、その場の勢いで持ち帰っても、数週間後には燃えるゴミに出すことになってしまった。だが、タオルだけは入れ物に入っていたこともあり、大量に入手、というか再取得できたのだった。思えばあのおかしな崩壊と熱狂が、冷静に考えれば収益にもならない仮設店舗という無為な夢を実現させる無駄な原動力になったに違いない。

その会話が何かを解き、母はのたのたと夕食の準備に台所へ立った。台所は古びていて、プレハブ店舗よりも床が脆(もろ)い。昔すぐ後ろを流れる川の水が入ったとかいう話で、ゴムみたいに落ち込むのである。仕方なくホームセンターで大きめのベニヤ板を買い、床に敷いて悲劇を防いでいる。

すでに夕方で後はもう誰もやって来ないだろうと油断していると、チャイムが鳴った。毅は駆け出し、玄関の土間に降り立ち、鏡を見つめた。この家の玄関には長方形の大きな鏡が貼り付けられている。彼は鏡を見るのがわりかし好きだった。ナルシシストというわけではなかったが、何かが彼を安心させた。映じた顔はどこか疲労しており、かつそこにはあどけなさがある。三十歳になっても染み付いているあどけなさは、商店があったために保存された何かであり、それは異性からすれば優しさに見えるらしかったが、彼は自分を優しい人間だとは思わなかった。

プレハブの引き戸を開けると武田がいた。ずんぐりとした体型をして、怒っている場合は勿論、笑っていてもどこかふてぶてしく、剣呑な雰囲気がある。小学校からの同級生だったが、それはいつ頃身についたものか、毅にはわからない。高校を出てすぐ武田は働きはじめた。そこで何か過酷なことがあったらしいが、それを彼は語りたがらない。大学に行っていた毅とはそこで没交渉になった。それは震災によって再会するまで続くのだが、その間、きっと七転八倒してきたのだろう。現在は無職だと聞いていた。

「遅いぞ。盗んじゃうところだった」

「いいよ別に。この間のお返しだ」

軽口を二人で叩き合う。実際、武田には何かと物をもらいっぱなしだ。お前は被災者なんだからと言いながら、最近色々なものを持ってくる。もう被災者じゃねえよ、と口を尖らせると、まあまあ、いいからいいから、と聞かない。

武田の家は高台にあって無事だった。アルバムもすべて流したこちらに、以前武田は面白がって小学校時代の卒業アルバムを見せに来た。

「お前全部満面の笑みだな。少しは格好つけろよ」

「笑ってる意識がなかったんだよ」

毅は笑っている人間だった。楽しいときも悲しいときも笑い、写真を撮るときも笑っていた。それは中学まで続いたが、ある時同級生の格好をつけた男子に、武田と同じようなことを言われ、それ以来あまり笑わないように意識していた。それくらいがちょうど良いようで、真顔でもどこか微笑しているように毅の顔は写ってしまうらしかった。

後ろ手がガサガサ鳴っているので、それを促すでもなくそっと視線を送ると、背後に隠していたものを武田は差し出してきた。袋菓子の詰め合わせだった。

「まあ、これも売ってくれ」

素っ気なく言う。それは無理だと言うのに、そのくらいのことができなければ生き残れないぞと武田は言い募る。

「利益って二割程度しかないんだろ。これなら利益率十割だぜ、十割！」

「そんな貰ったものばかり並べられないだろ。それに悪いしさ」

毅は貰ってばかりいた。返そうとすると、武田は頑(かたく)なに拒み、時に殴り掛かる勢いで抵抗してきた。一度サイダーを差し出して彼の手に当たり、落っことして穴があき、そこから炭酸が噴き出したことがあった。そのときは逆に武田が金を払うと言って聞かず、険悪なムードになった。

「悪く思うことはないんだよ。実はこれ盗品だから」

「何言ってるんだお前は」毅は呆れた声を出し、武田のぶっきらぼうに立てられた短い髪の毛を見た。夕暮れが迫り、オレンジ色の光で彼の髪は茶髪に見えた。「余計駄目じゃねえか」

「甘いことを言ってるばかりでは潰されるだけだぞ」教え諭すみたいに彼は毅の肩を二度叩いた。「大型資本はえげつない力で小さな店など粉砕するんだ。細々と人々に奉仕していたお前たちがいなくなった頃、赤街は衰退して限界集落化し、やがて大型資本は引き揚げていって跡形もなくなるんだ」

「状況認識としては正しいかもしれないけど、倫理的な問題があるだろう」

「それだよ！」学生時代のノリで、武田は毅の鼻先に人差し指を突きつけてきた。「倫理こそがお前たちのような小さくて没落していくばかりの商店と巨大で何もかも食い肥え太っていく大型資本との差異だ。倫理とはかくも経済と相性が悪いのである」

経済と倫理を結びつけた古典があったなと思いながら、毅はそれを指摘せず、ただ物を返そうとした。だが、武田は無骨な顔面に親しさとともに頑迷(がんめい)さを灯らせて一向に引かない。

「万引きは悪とは限らないんだ」どこから仕入れてきた知識なのか、武田は語りだした。「十六世紀頃には海外のどこかでは死刑だったこともあるらしいが、今はそうではない。万引きは犯罪か病気か抗議行動なんだ。そして俺がしているのは抗議行動なんだよ。ベトナム戦争時のイッピーみたく、極めて政治的な行動を俺はしているんだ」

胸を張るので、毅は困惑し、どう反論したものかと店内を見回した。それなりの品揃えをしていて、お菓子やジュース、日用品など各種取り揃えてある。

「お前の論理だといずれこの店からも盗むことになるんじゃないのか？」

「この店が繁盛したらそうするかもな！」極めて愉快そうに、武田は十畳ほどしかない店内を一秒間だけで十分だというように眺め回して続けた。「チェーン店さえできるくらいに成長させてこの赤街を顧みなくなってくれば、俺はお前の店から盗むだろうね！　いいか、これは再分配の問題なんだよ」

なんともとりとめのないままに、毅は品物を受け取り、礼を言ってレジ台の背後のメタルラックにそれを置いた。

「弱い者のためってことか。まあ弱小であることは否定しないけどな。そういえばうちも弱い者のために身を削っちゃったかも」

「面白そうじゃないか」武田はずんずんとレジ台に迫ってきた。股間のあたりがちょうどレジ台に当たっている。「どんな善行をしたんだい？」

善行ではないけれどと前置きし、毅は古木さんのことを話した。武田の顔は静かに、だが確実に険しくなった。

「それは盗人じゃないか！」お前もだろという毅に、武田は失敬なと手を振って否定した。「この店はすでに限界なんだから、そこから盗もうなどとは言語道断だ。弱者同士で食い合いしたら二つの骨が残るだけだぞ」

「まあ、俺も腹に据えかねてはいるんだけどね」

武田はレジ台を激励するように、あるいは叱りつけるように平手で叩いた。マグネットが弱ったレジはその程度の振動で勝手に開き、景気のいい音を出して中の小銭と千円札一万円分を飛び出させた。

「そんな奴、俺がボコボコにしてやるよ」

本気でやりかねないと毅は止めた。気持ちはありがたいが、これは自分で解決するべき問題だし、まだ払う気がないかどうかもわからないから、と。

煮え切らない顔で髪の毛を燃え上がらせる武田は随分と頼もしかった。ただ、本当に万引きなどしているのだったら、それはどんな言い逃れをしてもあくどいことだと毅は思っていた。そして、それを学生的なノリでネタにする自分たちは、決して政治的にはなれないだろうとも。

風峰さんは近所に住む老婆で、白髪をひっつめにしている温和な人だった。腰が幾分曲がっており、しかし頑強な足が地面を的確に捉え、両の手は腰の後ろで組まれながら決して転ぶことがない。すでに齢(とし)は九十に近かったが、母よりも随分と健康そうで、今の時期だと畑仕事を趣味にしており、鍬を極めて小さい動作で効果的に使用する。一人暮らしであったが、数家族分の野菜を育て上げ、周辺の家に分け与えるのが楽しみらしい。

顔にも手にも皺は無数にあったが、その内側には張り詰めた筋肉が詰まっているようであり、プレハブの引き戸の枠をガッシと摑んで、入店するというよりも押し入るといった言葉が似合うようなその様は、この仮設店舗を明瞭な線として浮かび上がらせる儀式みたいに見えるのだった。

「毅ちゃん、今日も来たよぉ」

出ていくとそのように風峰さんは毅に笑いかける。そして、お年寄りの多いこの地区には必須となっている椅子に腰掛ける。それはありふれたダイニングチェアに過ぎない。以前、何もかもなくした津波の後に貰い受けたものを、店用の椅子として再利用したのだ。見なし仮設では専ら正座やあぐらや足を流す畳生活で、椅子のある台所は床が不安定で料理の時以外にはあまり立ち入らない。

「今日は何にしますか?」

問いかけながら、大体の見当はついている。だから毅はバターロールやお菓子を数種類手に持って見せ、選ばせたものからレジ台に載せていく。歩けば埃が立っているだろうと彼の中には妄想が浮かび、光さえ射せばそれが妄想ではないことが露見してしまうと怯える。

しかし、彼女はそんなものがなんだと笑うだろう。現代の人は過敏になりすぎて、それで身体が弱くなっていると、コンビニに比べるべくもない貧相なこの店を擁護するだろう。

それればかりか、この店があってよかった、本当によかったと感謝すら述べるかもしれない。今まさに、彼女はそう考えているのではないかと毅は妄想する。畑を耕し、大根や菜っ葉を育て、疲れれば近所の商店で欲しいものを購入できる。これほどの贅沢が可能であることを、どうして幸福に数えないことができるだろうか、と彼女は恍惚を押し隠しもせずに長い吐息を漏らすだろう。頼めばここでは何でも取り寄せてくれる。いま自分が穿いている、ゴムがちょうどよい強さで入ったズボンだってここで取り寄せて買ったものだ。しかも定価で良いと余分の儲けも取ろうとしない。善意の塊だと老婆は思い、時たま毅に小遣いでもあげようと年金暮らしの懐の寂しさすら乗り越えて、お返しをしたいという欲望に忠実になってしまう。この店があるから赤街は辛うじて幸福と切り離されないでいられるのだ。もっと皆も商店を利用すればいいのにと彼女は思う——毅は脳内を豊かに掘り起こしていた。

「千八百二十四円です」

毅が声を張り上げると、必ず風峰さんは、なんぼう？　と問い返すので、毅は苛立つこともなく、むしろそれがないと虚しいと思うほどの勢いで、近づき、同じ言葉を繰り返す。

腰が曲がっていながら、風峰さんは決して転ばない。一歩一歩、気合で踏みつけるような足取りをする。段差に敏感で、むしろ毅のほうがちょこまかと慌てて足を引っ掛けることがある。一キログラムくらいの重さになった荷物を、毅は毎回、家まで届けましょうかと提案する。

「大丈夫、大丈夫」

風峰さんは力で持つというよりも後ろ手に引っ掛けるようにしてレジ袋を下げ、来たときと同じしっかりした足腰のまま歩んでいく。どれほどに荷物が重くなっても決して彼女は持ってもらおうとしない。それは意地のようなものであり、尊厳の行使のようでもある。

「自分だけ生き残った」

時たまぼそりと風峰さんは言う。同じ年齢の人々は亡くなり、あるいは施設に入れられてもう戻ってこない。自分だけが元気であり、健康であることを誇りながら、死ぬならば死んでも良いと彼女は言う。

「だけども、ぽっくりいきたいがねえ」

毅はそんな言葉をかけられるたび、どう対処していいかわからず、幼い頃からの柔和(にゅうわ)な笑みを浮かべて、長生きしてくださいとだけ言い添える。落ち窪んだ、風峰さんの、そこだけ取り残されたように純で幼い瞳が、遠く深い何かを見据え、待望している。それでも彼女は動き出す。荷物を家に置き、畑に出て草をむしる。日差しの強さに耐え、あありええ、と独り言を言う。それは何か失敗したり、困ったときに出る赤街の方言で、掛け声みたいなものだ。それを放ちながら何も困難などないと彼女は雑草を抜き取り、見事な畑地を作り上げていく。

それと並行して毅は手を洗う。風峰さんと触れあった後、それは行われる。汚いなどと思っているわけではない。なのにその衝動を抑えられない。風峰さんに限ったことではない。誰に触ろうと手を洗わなければ気が済まない。それは病的に彼を苦しめ、申し訳なさに自責の念を抱かせる。それでもその欲望のごときものに逆らうと、その考えが永続してしまい、最後にはすべて汚染されたみたいに思えてしまうだろう。

毅はそうなればむしろ自由になれる気がする。持っている本も、机も、床も、テレビも電話もすべて汚染されればどんな区別もなくなるだろうと。しかし、その観念の蔓延が恐ろしくてつい清浄な世界を求めてしまう。清浄とは何なのかわからなくなり、その観念がいつから顕われたのか突き止めようとする。

それは津波のあとの泥土に触れたときからやってきたと毅は思う。それは死の影であり、黄泉の国に繋がる感覚である。死など怖くないと薄笑いを浮かべるのに、現実では無意識的に恐れている。強迫性障害と呼ばれるであろうそれが本当のところなんであるのか、毅には理解しきれていない。

もう自分から払う気もないのだろうし取り立てに行かなければならないと思っていたら、古木さんから電話が来た。

「すいません、遅れてしまいました。明日必ず持って行きます」

「必ずお願いしますよ」

母は不安げなので毅が念を押した。平身低頭しているように、古木さんは、必ず、必ず、と繰り返した。

ところが翌日、古木さんは日が暮れてもやって来ず、仕方がないので三十分ほど延長した店は、蛍光灯のための電気量だけ無駄に消費して閉められることになった。

「何なんだろうね、あの人は」

苛立たしげに毅は夕ご飯に出た頬刺し(ほおざし)を食べながら言った。表層的な塩味が口内に満ちた直後に、内臓のものであろう苦味がそれを追いかけ、味覚を塗り替える。必ずという意味を古木さんはわかっているのかね。

「騙されたってことなんだべぇねぇ」

背中を丸めて母は落ち込み、少しずつ少しずつご飯を口に運び、風峰さんより二十歳以上下なのに、二十歳ほども上のように弱々しく項垂(うなだ)れている。瞳は黒くぼんやりとして、食べているご飯でも、置いたままのおかずでもなく、炬燵の木目の入った白い板を、眼球が落下しそうなまでに見つめている。

「やっぱりもう店は閉めたほうがいいかねえ。今日も五人くらいしか客が来なかったべえ」

古木さんのことが母をネガティブにし、そこから廃業の話になることが、何よりも毅には苛立たしかった。乱暴にご飯と味噌汁をかきこみ返事もしない。風峰さんはあれ程に感謝しているのに、と言い返そうとしたが、そのほとんどは毅が推し量ったはっきりしない内面にすぎない。

テレビでは喋る柴犬が出演しており、母はこんな犬なら飼いたいと言う。足を横に流しテレビに見入る母の姿は、テレビの中にいる柴犬のおすわりの格好に似ていなくもない。

「犬より猫がいいよ」

率直にそう言うと、そうかあ、と母は毅を見ず、テレビを凝視したまま、メンコイメンコイと、言葉ともつかない柴犬の鳴き声に耳ばかりすましている。それはテレビの中と外で犬同士向かい合い、決して通じ合うことのない会話を行っているようにも見えるのだった。

「この間はすいませんでした。自転車がパンクしてしまって」

性懲りもなく電話を寄越すのを幾らか訝りながら、毅は、じゃあ徒歩で来ればよかったじゃないですか、という言葉を喉元辺りで堰き止めた。嘆息が漏れ、電話の相手には雑音が押し寄せているかもしれない。そのくらいの非礼があってもかまわないだろうと毅は相手を下に見ていた。

「明日は必ずお支払いします」

決め台詞みたいなものを吐いて、古木さんは電話を切った。

「明日は払うってさ」

嘲るように言うと、母は相好を崩した。

「電話してくるってことは、払う気があるってことだべえ」

どうだかねと思ったが、毅は何も言わなかった。母は騙されていないことに気を良くしたのか、足取りも軽くなったようで、高血圧で通院している内科に自動車で出かけた。自動車はもう十五年は乗っているはずで、エンジン音は騒音みたいだったし、ドアを開けると軋む音を立てた。それでも車検は通っていたし、自分が最後に乗る車はそのシルバーの軽自動車に決めているようだった。

古木さんを待ちながら店番をし、穏やかな黄色い日差しの中で読書にでも勤しもうと毅は横たわりながらノートパソコンをいじり、ネットニュースを見て、ネット動画を見て、さて読書をするぞとその気になったとき、刺々しい言葉が窓越しに飛び込んできた。男二人が言い合いをしているようだ。

窓は下半分がすりガラスで、上半分が普通の透明なガラスだ。毅はおすわりする猫のような体勢で、まずすりガラスの裏に隠れ、両手を突っ立てると、頭だけ半分透明なガラスから出した。

争っているのは片方が武田で、もうひとりは村田さんだ。村田さんは土木業を生業にしていた。インフラが壊れ、内陸との交通網が震災時に切断されてしまった教訓から、縦断道路という途方もない公共事業が行われているこの街で、仕事はいくらでもあるのだ。筋骨隆々として、肌は浅黒い。背丈は武田と同じくらいだが、中に詰まっている肉は二倍くらいはありそうだ。鈍色をした瞳に、弛むことなど生涯ないというような引き締まった頰をしている。

武田が何か説教じみたことを言い、村田さんはうるさげにそっぽを向いている。会話の内容から、村田さんがタバコのポイ捨てをしたのだと窺われた。しかもこの家の前の側溝とも言えないような、路側帯のさらに端の低くなった部分に捨てたらしい。

村田さんに反省の色はない。彼は基本、挨拶すらしない。挨拶をされても無視することもある。気分によるらしい。だから集落の人間も村田さんに道で会っても、まるで都会で人とすれ違う時のように無言で通り過ぎることにしている。母は、ここも都会になったと笑っていたが、どこかでそれを糾弾する気配もあった。老人は死にゆき、若者は都会に出ていく。空洞化し、人の去っていく土地で、まだ居座っているにもかかわらず、すでにいないような村田さんの振る舞いを、母は疎ましく思っていたようだった。

そんなことは殺にとってはどうでも良かった。タバコの吸い殻が捨ててあっても側溝のできそこないみたいなコンクリート部分ならば害はないだろうし、あと数歩行けば我が家の吸殻入れが置いてあるのにと微笑ましくもある。もっとも、村田さんは我が家の店でタバコは買わない。仮設店舗に置いてある銘柄なのに、コンビニで買うことを自らに課しているようなのだ。それは少し面白くない。だが、田舎の店のウェットな雰囲気を嫌い、システマティックなコンビニの空気を吸い、金だけ出して感謝もお辞儀もせずに店外に出るという一連の流れ以外、彼には受け入れられないということなのだろう。

無視して歩き出そうとする村田さんに対し、武田は吸い殻を拾えと命じているようだった。だが押し問答にさえならず、ジリジリと武田は押されていた。肉体ではなく、その存在に気圧されていた。無職でも株で稼いでいるらしい武田だが、職を持ち、現実に立脚する屈強な男を前に、なすすべなく敗北しようとしていた。

結局吸い殻を武田がつまみ上げ、村田さんは一瞥もくれずにさっさと坂道を下りていってしまった。一触即発に見えて、武田の一人相撲だった。カラスの羽ばたきが聞こえ、それが合図となり何もかも終了した。武田は打ちひしがれたように肩を落としながら、吸い殻を仮設店舗と見なし仮設の間にある吸殻入れに押し込んだ。憮然として吸い殻の触れた親指と人差し指を穢れたというように弾いている。

出ていくべきか迷ったが、仕方ないだろうと毅は玄関の引き戸を開けた。

「あいつは公共の意識がない！」

それで話が通じると確信しているらしい武田は挨拶もせずそう言った。見つからないように隠れていたが、すべて丸見えだったのかもしれない。ばつが悪い中、毅もそれに同意しつつ、村田さんはそういう人だし、吸い殻もコンクリートの上だったから水に流そうじゃないかと宥めてみたが、彼は納得しなかった。

「風で飛んで火事になったらどうするんだよ。お前のために非難したところもあるんだぞ！」

そう言われると毅も感謝の意を表す他ないが、村田さんに関しては暖簾に腕押しだからもう忘れたほうがいい、立て札に叱りつけているようなものだと取り繕った。

「だいたい今時タバコを吸うってどうなんだよ」

人口に膾炙(かいしゃ)したような武田の物言いに、わざとらしく半眼(はんがん)になって毅は反論した。

「うちでもタバコは売ってるんだけどな」

「売る方はいいさ、自由だから」武田は腕を組み、その拍子にTシャツの文字が完全に隠れた。途端にその内側にあった文字を毅は忘れた。真ん中にハートマークのようなものが見えた気がしたが、星マークかもしれない。「でも吸うのはどうかと思うよ」

それは論理が捻(ねじ)れているだろうと毅は簡単に反駁できたが、なんだか武田の疲労が伝達し、それはほぼ精神疲労であって、それならば論理はへビみたいにのたくるものだろうとそれ以上追及はしなかった。代わりに古木さんをあげつらい、今時ツケをして、しかも払わず逃げ隠れする人間というのは信じられないだろうと問いかけた。

「そんな人間は叱りつけ、ことによると殴りつけてもいいだろうね」

真顔で武田は言い、世の中義務を果たさない人間が多すぎると愚痴(ぐち)った。

タバコを吸わないことは義務なのだろうかと毅は思い、金を払うのは義務だろうけれど、挨拶をするというのはどうなのだろうといっとき埒もない思考を弄んで、ぼんやりと向かいの家の四台も自動車が並ぶ家族のことを考えていると、武田は自動車に戻り、カップラーメンの入ったレジ袋を差し出してきた。

「今日の戦利品だ」

だから万引きは駄目だと言っているのにと戯れに叱り、本当に万引きなら法を守るという義務を怠ってはいないかと一つ攻撃的な文言が浮かぶが、抗議行動なのだと言い返されそうだったし、自分のために屈強な男に食って掛かった人間をその数分後に別の件で咎めるのは気が引けてやめた。盗んだということ自体も半信半疑だったたし、それでギクシャクとして落ち着かなくなるのも嫌だった。

随分前に武田が帰って行き、夕暮れ時になったが、古木さんは現れなかった。どういう神経をしているのだろうと毅が思っていると、母も同じ文言を口にした。

母は顔色を悪くして、言葉にならないが嘆息でもないような音を出し続け、時たま毅が聞き返すのに、なんでもないとすげなく答えた。母は、なんだかアレルギーが出たみたいで痒い、と言って、昨日までは食べられていた酢の物に入った人参を残した。食べた後に痒くなるとアレルギーのせいだと母は疑ったが、半分は気にし過ぎもある気がした。アレルギー反応の検査では断然毅のほうが強く出たし、種類も多い。だが彼は何でも好きなだけ食べている。母は薬も飲むと痒くなると言って飲まず、飲まないので病気が長引く、ということを繰り返していた。

最近、母は一回り小さくなったように毅は感じている。だから今日、皿も洗わず横たわった母を横目に、久しぶりに毅が皿を洗った。人参を捨てる時、彼は古木さんへの憎悪が点火されていくようで、大量の洗剤で泡だらけにしながら汚れを一気呵成に落とした。

二十時を回って、古木さんから電話があった。

「父が病院に行きたいと言いまして、具合が悪かったんです。すいません」

うちもそうですよと言いかけて毅はやめた。話を長引かせたくなかったからだ。

「払う気が本当にあるんですか？」

「勿論ですよ。ただ病院のお金のこともあって、来週父の年金が入るので、それで払います。すいません」

その年で父の年金をあてに生きているのかと毅は小馬鹿にするように告げてやりたかったが、自分もまた似たようなものだと省みてやめた。

古木さんの宣言した『来週』は呆気なく過ぎ去り、毅は悶々としながら『再来週』を過ごさなければならなかった。

気落ちした母はさらに一気に老けたようになって、寝室に籠って寝てばかりいる。

「おれの年金も額が少ないし、もう使い切ってしまったべえなあ」

国民年金は雀の涙ほどで、貯金を切り崩しながらでなければ生活もままならない。古木さんの父が厚生年金に加入していたかは不明だし訊くわけにもいかなかったが、この支払いの悪さから考えてそれはあり得ないと思った。

「今日にでも集金に行ってくるよ」

毅が宣言すると、母は望み薄だとボソボソ言いながら、家事をこなし、炬燵に横たわった。それは自分が留守番するから出かけても良いという消極的な態度だと毅は見て取った。

朝、仮設店舗を開けて、集金には三十分もかかるまいと気ばかり急いているところに、風峰さんがやって来た。彼女もまた買い物がしたくて開店を待ち焦がれていたのだろう。

「朝、一回来たども開いてなかったねえ」

随分早い起床だと驚きつつ、これほどにこの店を愛してくれている人間は他にあるまいと毅は気が高ぶった。

風峰さんはいつもみたいに、この店があって良かった本当に良かった、と思っているだろう。そして、いつまでもこの店が続いて欲しいと天井を振り仰ぎさえする。彼女の九十年以上使用されてきた瞳は、変わらないものばかり偏愛し、津波で流されても平気で復活するこの商店を永続するもの、頼りがいのあるものとして信頼しているのだ。

「これはなんだべねえ」

カップケーキを手にとって風峰さんは言う。

「ああ、それはふわふわした……なんていうか、ケーキですね」

それ以上の説明が思いつかず、毅はしどろもどろになりながら答えたが、興味を持ったようで、風峰さんはそれを一個買うことにしたらしい。

「いっつものパンとこれは違うの？」

袋を持ち上げて彼女が訊く。それはいつも彼女が買うものより高価で柔らかく、マーガリンが入っているものだ。

「ええ、マーガリンが入っていて、なんていうか……柔らかいですよ」

説明は毎度のように混迷を極めたが、風峰さんは、ほお、と言っては次々商品を手渡し、それも一個頂戴、と屈託なく言う。良いお客さんだと毅は挨拶を立てながらプレハブの中を歩き回る。

「それはコーラ？」

彼女が指差す先にはコーラの五百ミリリットルのペットボトルがあった。冷蔵ショーケースに並んでいるものだ。店舗に併設された自動販売機でも売っているが、何度教えても買い方がわからないと風峰さんは言い、教えてあげるたびに感心した声をだすのに、次来た時にはもう忘れているみたいだった。

コーラはすでに彼女にとってもおなじみのものらしく、飲むことに躊躇はない。他のオランジーナとかあまり馴染みのないものには二の足を踏むのだが、飲ませると、うんまいねえ、と嬉しげで、偏食なのだと自分を語るわりに何でも食べて飲むのだった。

コーラが購入するものに加えられ、レジ台が商品で埋まる。

「後はよろしいですか？」

レジ台から毅が語りかけるのに、風峰さんは耳が遠くて聞こえないのか店内をぐるりと見渡した。そして関係ないことを訊いてきた。

「今日は何日だったかねえ」

とっさに出てこないので、背後にあるコカ・コーラから昨年末に貰ったカレンダーを見てその日を探し出す。月曜日なのは覚えている。ということは——毅はその日付を教えてあげた。

「そうすか」風峰さんは幾度か頷(うなず)いて続けた。「じゃあ仏滅だがねえ」

何月何日が仏滅だの、友引だの、わかっているのだろうか。コカ・コーラのカレンダーには大安とか先負だとかいう項目はない。だから仏滅だという根拠はこの店のどこにも示されていないが、適当に言ったわけではないだろう。毅は老人というものの得体のしれなさに打たれながら、同時にそのことがなんだか無性に気にかかった。

仏滅だと語ることによって、風峰さんはその日の不運というものを的確に匂わせようとしているのではないか。今日出かけると何か悪いことが起きると予言しているのではないか。もしかすると、事故に遭うのではないか——毅の中でその予測が膨張してはちきれそうになっていった。なぜ事故なのか皆目わからず、風峰さんがそんな具体的なことを言ったわけでもないのに、事故に必ず遭うし、遭わなければならない気がしてくる。すると、もうどこにも出かけることができないように彼には思えて仕方がない。

動揺しながら、そのくらいでいい、という風峰さんの購入品を会計し、代金を貰う。彼女もまた年金暮らしであるはずで、一人暮らしだから貯金を下ろすにしても一苦労だとぼやいていた。近くの郵便局まで行くにもバスかタクシーを使わないととても歩ける距離ではないし、最近はバスに乗る筋力も失われている。だから親戚や、時に毅を頼って自動車で送ってもらうこともあった。普段配達を断る風峰さんも、その距離には勝つことができない。風峰さんは申し訳なさそうにしながら、いつもの穏やかな笑みを浮かべ、毅は特に迷惑だとも思わずに彼女の手を時に引き、傘をさしてあげたりなどした。巡り巡って、そのお金が結局商店のレジにしまい込まれることになるのは知っていたが、そんな邪な気持ちからではなく、純粋に地域への貢献のようなものとしてそれを行った。

いつもと変わらず、風峰さんはしっかりとした足取りで去っていった。逆に毅の足は重怠くなり、気鬱にさえなっていた。アクセルとブレーキをこれでは間違えるだろうと思った。追突して誰かを怪我させるのではないか、させるに違いないと断じていた。その妄念のせいか、プレハブ仮設店舗と見なし仮設の間に置いたベンチの足に自分の足を引っ掛けて転びそうになった。

これはダメだ！　心の中で毅は叫んだ。これではどうにもならない。今日という日には何もかもうまくいくはずがない！

母の寝ている炬燵に足を突っ込み、テレビを点ける。アザラシみたいに母が頭だけ起こすのに、今日はやめておくよと小声で告げた。

「そうか」筋力が少ないため、頭を数秒しか持ち上げておくことができず、完全にまた横たわる姿勢になって母は言った。「いいべえそれで」

何もかもお見通しというみたいに周囲が振る舞うのに、毅はなんだか、自分だけが矮小な存在で、運命を知る老獪な者たちからからかわれているような気がした。もしかしたら、何もかもが誰かの手のひらの上で、自分は不格好な踊りを踊っているだけではないか。母が弱っているのも加齢のせいで、古木さんは全く関係などないのではないか。

もはや何が何だか、毅にはわからなかった。一つだけ言えるのは、その日は家に籠っているよりほかなく、五人未満の人間に、タバコ一つとか、お菓子一袋とか、少額の商品を売るだけで暮れていくだろうということだけだった。

日を改め、早い時間に毅は自動車で出かけた。大安だった。風峰さんはまだ来ていない。

古木さんの家は高台というよりも奥まったところにあり、林の中を進むような感覚で運転をしなければならなかった。僅かな傾斜を走行すると、舗装がなくなり、左右は広葉樹に遮られて昼でも薄暗く、足を踏み入れることも躊躇させる趣があった。

駐車場は草ぼうぼうで、入り込むのにも難儀した。自動車も所有していないから当たり前だ。以前は持っていたかもしれず、没落という単語が浮かんだ。

石ころで凸凹の斜面を徒歩で上がると、古木さんの家だけが建っていた。近所に家などない。小鳥が鳴き、カエルが鳴き、左右の杉が踊るように全体を揺らめかせている。

平屋の一軒家で、古い造りの家だった。ところどころガタがきていて、歪んで見えるのは気のせいなのか、それとも本当に全体が拉げているのかはわからない。建物の左手にゴミを置くスペースがあるが、途方もない量の空き缶やペットボトルがあり、ゴミ屋敷を彷彿とさせる。これが敷地全体を埋め尽くしていれば都会ならゴミ屋敷に認定されるだろうが、田舎のこんな辺鄙なところだと少しばかり噂になるぐらいだろう。

だが、そこ以外は古めかしいだけでゴミが散乱しているでもない。玄関の前に立つと足元が傾(かし)いだ。元は踏み石があったのかもしれないが、何かの問題で取り払われたのかもしれない。板がその代わりをしているが、トランポリンみたいに不安定で、勢いをつけると跳び上がれそうである。あるいは踏み抜きそうである。

チャイムはない。引き戸も開かない。引き戸の上半分はガラスになっていて中は見えるが、曇天も影響しているためか薄暗く、しかもすぐ先にある穴だらけの障子で部屋までは見通せない。

「ごめんくださーい！」

毅は叫び、それに応えたのはカラスばかりだった。今一度叫ぶが誰も出てこない。コツコツ引き戸を叩くが返事がない。立て付けの問題かともう一度引き戸を乱暴に引っ張るがてんで動かない。

留守か居留守か。毅は迷った。払いの悪い客はこういうことがある。誰が来ても留守を装い、どんな支払いからも逃れようとする。それにずっと以前来たときもこんな調子だった。古木さんの父親も耳が遠いらしく、しかも病弱なのだ。平衡さえ保てない様子で出てきた彼の父親は痩せさらばえ、頬もコケていた。白髪は短めに切られ、弱々しさと鈍重さを融合させたような物腰をしていた。悲嘆を凝結させた瞳は、そのことによって一種超然としながら、か細い声で経済力のなさを端的に訴えるのだった。

それを思うと気の毒だったし、これ以上声を張り上げ引き戸を叩いたら取り立て屋同然だ。なんだか守銭奴みたいで嫌悪感もある。

結局収穫はなく、毅は帰宅することになった。そんなに強くノックしたはずはないのに、ハンドルを持つ手の甲が痛かった。あの音で怯えた古木さんの父親を想像し、毅は再び自己嫌悪に陥った。古木さんならばどれだけ苦しめてもかまわないが、自分の母みたいに病弱で、老齢の男性を精神的に締め付けるような真似は、道徳的に許されないように思われた。だからこそ、ツケなどしてはならないのだと、ぶつくさ独り言を繰り出している間に家に帰り着いた。

そんな自己卑下が意味のないことだったということは、さらに数日経ってやって来た古木さんの親類の人から明らかになった。彼は数日に一度、タバコを買いに来るのだ。

古木さんは赤街の市街地に引っ越したのだと彼は語った。なぜかと問うと彼は冗談めかして言った。

「都会で生活したいがらだべすか」

都会と言っても所詮たかが知れた田舎街なのだが、病院まで自動車で二十分もかかるようなこの辺りの集落に比べれば、確かに格段に便は良いとは思う。

そこでなんという集合住宅に入ったか――まさか三千円も払えないのに一軒家ということもあるまい――聞き出そうとしたが、要領を得ない。

「アパートだったと思うけど、おれもはっきりはわからねえがねえ」

彼はタバコを一本箱から抜き出し、火がないことに気づいてライターをせがんだ。本当はワンカートンに一つ付けることにしているのだが、やむを得ないので一個サービスした。焦燥にでも駆られた様子で彼はタバコに火をつけ、外の吸殻入れの側で幾度も煙を吐き出していた。

親戚ですら住所も電話番号も知らないのだと言うから、もうどのような手段も講じることはできないだろう。警察に訴えるわけにもいくまいし。八方塞がりだと毅が言うと、母は縮こまってひとつ生温かいため息を吐いた。

「諦めるべえ。仕方がないんだが」

具合が悪くて母は最近髪も切りに行っていない。暑気は一帯に横臥し始めていたが、髪を切ると寒気がするかもしれず、弱った身体で行けばさらに体調を崩しかねないと危惧しているのだ。母はアレルギーのせいで、同年代の人間のように髪も染めない。昔毛染めをして気持ち悪くなり、それ以来そのままになった。俯き加減の体勢で、伸びすぎた白髪が頰を覆い隠す。確かにこれ以上関わり合ってもしようがない、忘れたほうが心身に良いだろうと毅も思い始めていた。

ところが、夕食を食べて一息つく頃、またしても電話が鳴った。公衆電話からだった。

まだ暮れきっておらず、外は朱色に染まっていたが、薄暗さから蛍光灯はつけていた。二つの色の光が競演し、夕餉（ゆうげ）のあとの気怠い肉体を夢見心地に溶かしていたところを、電話の音が鳴り響いた。毅は受話器を取る。やはり古木さんだった。

この間取り立てに行ったら留守で、引っ越したらしいじゃないですかと毅が問うと、いけしゃあしゃあと古木さんは応じた。

「家がオンボロで、水道も電気もガスも電話も、一気に駄目になったんですよ。そうなったらもう、引っ越しをしたほうが良いのではないかということになって、アパートに引っ越しました」

そんなに急にライフラインが何もかも駄目になることがあり得るだろうかと毅は不審に思った。電化製品は一つ壊れれば他のものも一挙に壊れるというけれど、電気が駄目で水道も駄目などということがあり得るのだろうか。そんなことは、震災のときのライフラインの完全な切断以外にないのではないか。

しかし住みにくいとはいえ、一軒家を出ていったということは何かしらあったのだろう。借金の形に家を取られたということもあり得るのかもしれない。それでは格好が悪いから、水道とか電気のせいにして、夜逃げ同然に何処かに移ったのかもしれない。

それにしても、そうであるならばもうこの店の借金も踏み倒せばいいではないかと毅は考えた。いっそのこと一から出直すつもりで全部ふいにしてしまえばいいではないか。なのに、電話をかけてくるというのは一体全体何なのだろう。ただし、公衆電話からだ。番号は知られたくないのだ。

毅がそれとなく電話のことを訊くと、古木さんは今頃になって格好がつかないという声で応じた。彼の声は別段こもらず、時たま軽い訛りは含まれるが、割合明瞭な響きを保っていた。

「実は電話がなくて。付けようとも思ったんですけど、別になくても困らないのではないかと思ったんです。だから公衆電話からかけました。だいぶ少なくなりましたが、近所にあったので」

自嘲（じちょう）の気配があり、それが虚構であることと現実であることをないまぜにし、どちらともつかないものにしていた。今時電話がないという事態があり得るのだろうか。いや、ないとはいえない。彼は金がないのだから、基本料金を節約しているのかもしれない。あるいはただ番号を隠したいだけかもしれない。ナンバーディスプレイで露見してしまうと、毅の側から催促の電話を受けるからだ。もっとも、電話があった頃でも居留守を使ったり、のらりくらりとかわしたり、こちらの時間ばかり浪費させられてはいたのだが。だから以前は、直接取り立てに行くほかない、ガソリン代ばかり損をすると愚痴ばかり漏らしたものだった。

ともかく事態はますます混迷していた。ただし、古木さんは毅が訊けば、引越し先のアパートの名前も答えたし、いつ払いに来るかも逆に指定してきた。十五キロは離れた場所にいて、自転車で三千円を払いに来るのだろうか。毅は期待しないことにしたが、やり取りを直ぐ側で聞いていた母には隠し立てせずに伝えた。

「どうなのかねえ」どこか嘲るみたいにして母は、食卓にしている炬燵の板を汚れてもいないのに拭いた。「また来ないんじゃないかねえ」

毅は母を慰めたが、半分母に同意していた。むしろ来るわけがないと言ったほうが数段慰めになったかもしれない。すでに古木さんに対して信用などなかった。狼少年みたいに信用を極限まで喪失したほうが、来てしまうということもあるだろうし。

ところが、指定した日にやはり古木さんはやって来なかった。毅はやっぱりなと思いながら、ではなぜ連絡だけはしてくるのだとヤキモキした。そして、来ないのではないかと語っていた母はその言葉とは裏腹に衝撃を受けたのか、身体が怠くてしようがないというので夕食はカップラーメンで済ますことにした。

一応延長した営業時間内に来たのは風峰さんだけで、この間買ったマーガリンの入ったバターロールがうまかったと言い、それを購入して同時にチーズのスナックに興味を示した。毅は昔の舌を持った人間に濃厚なチーズ味はあまり勧められないように思ったので、代わりにポテトチップスを勧めた。塩味は強めだが、じゃがいもの味が主であるから、受け入れやすいと思った。

ふと、カロリーや塩分という言葉が毅の頭の中で蠢（うごめ）いたが、これだけ丈夫な老婆なのだから心配しなくても大丈夫だろうと思い、食べ過ぎには注意するよう付言して、彼女を送り出した。

逞（たくま）しいとは異なる、彼女の踏みしめるような足取りを見送ると、今頃になって古木さんへの苛立ちが募って、毅は乱暴にプレハブ店舗の電気を消してカーテンを閉め、鍵をかけた。

幾日か経ち、毅は聞き出した名前のアパートに行くことにした。古木さんの言葉を信じるならば、それだけが手がかりだった。彼が借りた金額などもはやどうでもよくなっていたが、回収という作業ばかりが目的化し、貸しているのが三千円だろうが三百円だろうが、ともかく訪れて、彼を責め立て、出来る限りの金をふんだくるという思いに充ちていた。

あれ以来、古木さんから電話もなく、ついに意味のよくわからない支払いの宣言は失われた。それならそれでいいとそのときには毅は思っていたのに、相手の踏ん切りがついた様子に逆に腹が立ってきたのだった。

だが出かける段になって、母が邪魔をした。別に古木さんの肩を持っているわけでもないだろうに、自動車が汚くて、とても市街地を走れる状態ではないと批判してくるのだ。

「こんなに泥がついて、恥ずかしくてどうにもならねえべえが」

恥ずかしいも何もないと毅は抗弁したが、聞き入れて貰えない。かといって、振り切るように身勝手に出ていってしまうと、朝の言い合いで血圧が高くなって具合がずっと悪かった、と帰ってから意地悪く言われることになる。

仕方なく毅はバケツに水を汲み、ボロ雑巾を絞って自動車を洗い始めた。酷く汚れているわけではなかったが、ダークグレーの車体は堆積した泥によって黒く濁っており、水は幾度も取り替えないといけなかった。バックドアガラスを拭き、リアバンパーを拭き、リアフェンダーを拭き、ドアを拭き、フロントガラスを拭き、ボンネットを拭き、ヘッドライトを綺麗にした。都合、三度拭かないと、拭いた跡が白い線として無数に残り、むしろ最初よりも汚れているように見えて適当なところで終えることができなくなってしまった。

やっと輝きを取り戻した愛車を愛でながら、さて運転席に座ろうとすると、母がまたやって来てやはりやめたほうが良いと告げてくる。執拗にである。

「カラス鳴きが悪い」と母は何かの信者になったみたいに、熱狂したように目をむいて言い募る。「こういう時は悪いことが起きる。きっと悪いことが起きる」

カラスがこの世の何を知っているものかとエンジンをかけようとすると、ドアが乱暴に開かれ、母は叫ぶように言う。

「ダメだって言ってるべえが!」

そう言われてはどうにもならない。ここで無理に押し切って血圧が上がったの下がったのと愚痴られ、夜中に救急病院に連れて行けと言われても困る。

毅はその日の集金、あるいは取り立てを断念した。

母はそのまま寝室に引っ込み、毅が店番をしていると随分経ってから武田がやって来て、いつもよりも多めのお菓子、長期間保存できるおかず、そしてカレーのルーなどの詰め合わせを毅に押し付けてきた。

「今日の万引きは随分と楽だった。広い店内なのに店員が少なすぎる。誰も警戒してないし。これが田舎というものかもしれないが、いけませんな。匿名で説教してやろうかね」

軽口を叩く彼に、毅は、だから万引きは犯罪だぞと、糾弾するでもなく愛想よくするでもなく、それらをないまぜにしたような言い回しでお茶を濁すしかない。友人と言える人間も減った。皆何処かに行ってしまい、赤街を見捨てる人間ばかりだ。何しろ仕事がないし、あるとすればインフラの作り直しの土木作業である。それに賃金も都会と比べて笑ってしまうほどに安い。別な土地でもっと楽に、もっと簡単に、多くの金銭を稼ごうとするのは全くもって健全な志に思える。であるがゆえに、武田の存在はそれが異様なものであるからこそ、どこまでも稀有であり、大切なもので、毅の倫理やら正義やらを振りかざして攻撃できるような存在ではないのだった。

それでも揶揄を滲ませたりはする。この世の仕組みに背いていると必ずしっぺ返しを食らうぞと、毅は忠告したかった。だが、そのような真に迫ったものを少しでも匂わせると、武田は敏感に反応し反論してくる。

「あのスーパーで雇っているレジ打ちの女は悪人なんだよ」武田は母に少し似た熱狂を、他の顔のパーツの軽薄さとは完全に切断された瞳にだけ呪いを込めるようにして言った。「この間あの女が休みのときだと思うが、子供を叩いているのを見た。あの女に間違いない。子供は薄汚れた格好をして、腹が空いたと泣くんだ。そしたらあのレジの女はそれがまるで何よりも恥ずかしいことのように、顔を紅潮させて子供を叩いた。さらに泣き叫ぶ子供をワンボックスカーに押し込んで、何処かに行ってしまった」

情景を思い浮かべて、しかしそれが何に結びつくか毅にはよくわからない。一人納得した武田は昂奮を隠さず、口元に笑みを浮かべながら宣告した。

「だからあの店から万引きしても、俺は良いと思う。いや、良いんだ」

その理路は毅にはわからなかったが、武田にとっては明白なことなのだろう。それを論駁（ろんばく）するほどに、毅にとってそのスーパーは身近なものではなく、議論は深められないまま芸能人の話などし、時たま同級生はどうなっただろうと二人で断片的な情報を持ち寄り、何にもたどり着かないままに日は暮れていった。

「最近さらに客が少ない気がするがねえ」

母がそう言うので、毅はここ二、三日のことを思い返してみるが、確かに減少傾向にある気がした。もっとも、五人来ていた客が三人に減ったような状態で、まるで商売として成立していない。

「これでは閉めるしかないべえ」

詰まるところそこにばかりたどり着く母は、通帳を確認しては嘆息し、その後で苛立ち、興奮すると血圧が上がり、寝込むことになった。

そういえば風峰さんもやって来ない。何かあったのだろうかと考えるも、店に来ないからといって押しかけたら、押し売りみたいに思われそうで毅は嫌だった。こんな辺鄙な集落にも定期的に移動販売がやって来ていて、いもしない客を奪い取って走り去るものだから、そちらに鞍替え（くらがえ）したのかもしれない。妄想でしかないが、そうであればなんだか悲しい。毅は伸びた爪を切り、ティッシュの上に集めて山を作り、虚しい達成感を覚えながらさっさと丸めて捨ててしまった。

まさか——とあらぬ考えが毅に浮かぶ。武田から貰ったものを、最近は感覚が麻痺して普通に売っているから、それが悪かったのだろうか。万引きしたものを売る店だと暴露され、モラルの問題として客足が遠のいていったのだろうか。以前喫煙者に食って掛かったぐらいだから、他の場面でも誰かれ構わず噛みつき、その悪評が商店にも降り掛かってきたという可能性もある。その時売り言葉に買い言葉で、あの店は俺が万引きした商品で経営されているのだと宣言したのかもしれない。だとしたら、もう取り返しがつかないのではないか。

久方ぶりに電話が鳴り、自分たちは見捨てられていなかった、注文の電話だと毅は喜び勇んで駆けつけたのだったが、それは受話器を取る前に失望に変わった。公衆電話からだった。

毅は受話器を取り、不機嫌を隠さずにこの間やって来なかった理由を一応訊ねた。

「すいません。すっかり忘れていて。当たり前みたいに電気代とか払っていたら全部お金がなくなり、思い出した頃には払えなくなっていまして」

「忘れるってどういうことですか」毅は冷徹に、まるで感情まで失ってしまったような抑揚で、見下げ果てたというように告げた。「これは借金も同然なのに、どういうことなんですか」

古木さんは平謝りに詫びた。毅はいくら謝ろうと無駄だし、それ以前に謝っているのはポーズでしかなく、謝罪の気持ちなどこれっぽっちもないと決めつけ、感情的になるのも無駄だと悟って責める気もなくした。

「明日必ずお支払いします。カレンダーにも赤字で支払いの予定を書いたんですよ」

小学生みたいなその行為を、古木さんはまるで誇らしいことのように語るので、毅はそうですか、よかったですね、と侮蔑(ぶべつ)を含んだ声で言い捨てた。会話が終わって、母が財産の減少していく苦しみに苛(さいな)まれながら、ようやく洞穴の中から響くようなくぐもった声を出してくるので、毅は古木さんが払いに来る旨を伝えた。

「どうせ来ないべえ」

吐き捨てるように母は言った。

毅は節約のためというわけではないが、長くなりすぎた前髪を自分で切り、調子に乗って全体的に短くしていった。髪の毛はティッシュの上にだけ落としたつもりだったが、炬燵板の上にも転がり、不思議なことにどれだけうまく手の脂を利用して、指先にくっつけて拾っても、どこかから必ず別の毛が出現した。

次の日が過ぎても、やはり古木さんは来なかった。毅は全く期待していなかったが、母も同じく期待していないと言っていたくせに、また裏切られた、騙されたと愚痴を言い、なんだか目が回ると寝室に引きこもり出てこなくなった。

仕方なく家事を毅が受け持ち、冷たくなったご飯を水で煮て粥にし、梅干しを砂糖で甘くして母の寝室まで運んだ。母はいらないと言ったが、一時間後に回収に行ったら綺麗さっぱり食べ終えていた。

洗濯もしなければならず、母の下着なるものをどのように処遇すれば良いかと毅は悩み、結局適当に他のものと一緒に洗い、出来る限り目立たない場所に干した。いつもどのように干されていたのか、まるで記憶から引っ張り出すことができなかった。

仮設店舗は掃き清め、ハタキをかけて埃を払った。空中に飛散する埃の粒が、汚染でもされているみたいに充満し、うねりながら下降してくる。到底全てを綺麗にすることなどできるわけがないと、匙(さじ)を投げた毅は窓をできるだけ開けっ放しにして、あとは見なし仮設の一室で寝転んで本など読んでいた。店のチャイムは鳴らなかった。

日付が変わり、客など来ないのだと決めつけた毅は、まだショックを引きずる母に古木さんの家に行くから留守番をしていてくれと言い渡した。母は老衰しかけた穴熊みたいなゆっくりとした動作で起き上がると、どうせ客なんか来ないしなあ、と同じようなことを考えているようで、寝室ではなく居間で寝っ転がり、存在しない客を演技として待つという虚しい労働を開始した。

この間と異なり、毅は容易(たやす)く自動車で出発し、スピードに乗って三陸縦貫自動車道を通り、古木さんが口を滑らせたアパートへと突き進んだ。

日柄もよく、後ろから迫ってくる自動車もなく、前でノロノロと走る車もなかった。ストレスなく、あまり立ち入ったことのない市街地の住宅街をカーナビを頼りに走り回る。

「目的地周辺です。この先は注意して走行してください」

カーナビが話しかけてきた。カーナビはこのモデルしか使ったことがなく、目的地を指定しても周辺までの道順を告げてあとは黙り込む。そのようなものだとは思っているのだが、最新モデルであれば違うのだろうか。データは震災より二年前のもので、街は大きく変貌していて、時たまあてにならない。三陸縦貫自動車道もその頃はなかったから、山を突き進んでいるようなマップになってしまう。データの更新はできたが、何か嫌な感じがしてやめた。お金がかかるということもあるが、すでにアップデートもされなくなったこのモデルの、消してしまえばもう手に入らない情報を上書きするとなると、落ち着かない気持ちになった。

とりあえず路肩に車を止め、「周辺」を探した。きっと古いアパートだろうと毅は決めつけていた。何せ金がないはずであるから、今時のアパートではないだろう。

徒歩でその辺りを散策していると、一軒家と見紛（みまご）うような外見の、しかし比較すれば普通の家よりも一回り大きく、窓も多いアパートらしき建造物にぶち当たった。裏に回り込むと入り口が三つある。間違いなさそうだと周囲を回ると、古木さんに教えられたアパート名が大きく壁面に貼られていた。

一室は細く狭そうだが、二階があった。二階建てであることが、なんとなく毅を妬ませた。もう二階建てになんて住めないのではないかと毅は感じているからだ。見なし仮設の今の家も平屋であるし、生家のような大きな家にはもう住めないのだろうことは明らかだ。災害公営住宅に住めば三階だろうと住めるだろうが、それは三階の一室であって二階建てではない。そんな変なこだわりに、毅はイライラしていた。

毅はとりあえず古木さんを訪ねようとしたが、そういえば何号室に入居しているのか聞いていない。部屋の扉には「101」「102」「103」と書かれている。三分の一の確率である。

無鉄砲にチャイムを押すこともできたが、ここで毅の人見知りな性格が露呈した。商店でも知った客であれば接客はお手の物だったが、どこからか迷い込んだみたいな見知らぬ客には、借りてきた猫みたいに元気をなくし、蚊の鳴くような声で、ありがとうございました、とばかり呟くことしかできないのだ。

電話を古木さんが持っていれば……毅はスマホを握りしめながら呻いた。どうすればいいかまるっきりわからない。いや、恥を忍んでたずねればいいではないかと、理性的な部分が囁きかけた。だが、と別の理性的なものが唸った。古木さんは実は別のところに住んでいて、この、彼が確かに教えた建物はフェイクでしかないのではないか。大体奴は嘘つきだということを、お前は忘れているのではないか？

堂々巡りの自問自答をしていると、背後で靴がコンクリートを擦る音がした。振り返ると中年の女だった。花柄のやたらと派手な色合いのカットソーを着ている。ズボンは逆に灰色の地味なスラックスだ。女は膨れ上がった頬と鼻の上に浮かぶ疑わしげな瞳でこちらをきっかり三秒見て、牛歩のように歩き出した。それは監視しているぞという意思表示に毅には思われた。

田舎から出てきたな、と女は思ったのではないか。ここも田舎だが、もっと辺境の、住むことすら憚られるところからやって来たな。ここは都会だ。都会から見れば長閑な田舎でしかないが、赤街全体から見れば都会の部類で住宅地なのだ。そこにお前の居場所などあるはずがないだろう。そんな田舎者みたいな格好で歩き回って恥ずかしくはないのか。毅は全身を確認した。下はチノパンで、上はブルーのカジュアルシャツである。とてつもなく平凡だが、こんな人間がいても特段おかしくあるまい。それが甘いのだと女は思うだろう。その無難さが癌なのだ。もっと主義主張がなければいけない。大体その髪型はなんだと女は思う。毅は自分で髪を切ってしまったことに痛烈な後悔を感じた。確かに自分で切った髪はどこかぶっきら棒で、しかもおかっぱか、もしくは坊ちゃん刈りに限りなく近づいている。それ見たことか！女は鼻で笑った。靴も何年履いているのか、安物だから色が変わってきているではないか。顔も田舎臭い。都会の人間はもっとシャープで、朴訥としたそんなまん丸い目玉をしていてはならないのだ。女は主婦でないことに威厳を感じて肥満した腹と垂れた胸を張った。パート労働でレジ打ちをしている私と、過疎地域の誰も来ない店で店員をしているお前と、一体どちらが上だろうか。そんなことはわかりきったことだ。お前は自営業者として店主と言っても良い地位にいるが、私はお前より稼いでいる。私こそが正義であり、お前は悪なのだ。女はスニーカーでゆっくり、しかし軽々と歩く。そして思う。怪しい人間がやって来たと、近所の知り合いに教えてやらなくては。

毅はただ一刻も早く逃げ出すことだけを考えていた。女はこの地域の一部にすぎない。やがて多くの敵がやってくるだろう。それらは怪訝(けげん)な瞳を、酷薄な瞳を、卑下するような瞳をして、毅を見下ろすだろう。そして、もし仮に三分の一の確率を信じてチャイムを押し、間違ってしまったならば、まるでお前の人生はもう終わりだと告げるような、激しい怒号を放つのではないだろうか。

軽自動車に素早く乗り込み、毅はエンジンをかけた。とにかくここをすぐにでも離れなければならない。そうしなければ、古木さんよりも自分こそが悪だと呼ばれることになるだろう。

しかし、見慣れない住宅地は一方通行と行き止まりばかりで、彼の愛車を飲み込んだかのように脱出させてくれない。半泣きになりながら、そして一度、彼女らの代表と思しき白いセダンの車にクラクションを鳴らされながら、毅は明らかに常軌を逸した顔で冷静さを失い、アクセルとブレーキを交互に扱い、時にそれらを踏み間違えながら、十分後、ようやく見知った道路に出ることができた。

三陸縦貫自動車道を来たときとは反対に走りながら今さら落ち着いてきた毅は、自分がおかしくなっていたことを認めた。考えすぎだったのではないだろうか。自分の家にだって営業の人間はやってくるし、りんごを買えとか布団を打ち直さないかとか言ってくるではないか。その程度に、他人に迷惑をかけても別段気にすることはない。だが毅の倫理がそれを拒んだ。そして、それを行うと、必ずしっぺ返しを食らうということを経験上知っていた。ただその事例を思い出そうとしても一つも出てこないのだった。彼にわかることは、それが論理を超えて正しくないということだけだった。そして、論理的でないことは時たま簡単に覆ることがある一方、決して破ることのできない命令となって人を追い込んでいくのだった。

手を洗うことが少なくなったことに毅は気づいた。手はかさつかないし、ひび割れもなくなってきた。それは脂分が気温によって円滑に染み出るためだけではないようだった。

だが、肉体の深部にある何かが拗(こじ)れているのを毅は感じていた。それは手のひび割れとは違い観念的な何かだ。悪いことが起こりそうな予感が何度もして、同時に、高揚もしていた。毅にも何がどうなっているのか、実のところわかっていないのだ。

母はとうとうパジャマから着替えるのも億劫(おっくう)がってすべて寝室で済ませることにしたようだった。家事は毅がやり、配達に行くことになれば戸締まりをして一時的に店を閉めた。数時間誰も来ないのが常態化しているのに、なぜか数分だけ店を閉めるのが気が気でなく、そんな時に限って客が来て、閉まっていたので帰っていったと後になって聞かされたりした。

元凶を絶たねばならないと、毅は古木さんのアパートへと再度赴くことにした。

ところが自動車のドアに手をかけたそのとき、猫が前を横切った。別に黒猫でもなく、茶トラの、目付きは鋭いがそれなりに整った顔の猫だ。猫は横切りながらふいに毅のほうを見て立ち止まり、何かを語りかけたいような顔をした。

鳴き声すらたてなかったが、なんだか、お前は行くべきではないと訴えかけられているみたいに毅には思えた。しっぽがうろちょろと動き、耳が少し外側を向いた。前に踏み出しそうな上半身は腰のあたりで堰き止められ、また惑ったみたいに直立して、表情ばかりは完全に停止している。

毅は恐れおののいた。彼は猫が好きであったし、飼いたいとすら思っていた。そうであるのに、今自分を見つめる猫は何かの化身であり、悲痛な出来事を告知するために遣わされたものに思えたのだ。

所詮お前はその程度の人間なのだから、身の丈にあった生き方をしなければならないよ、と猫が思っているような気がし、ちょうどそのタイミングで車の陰に消えた。

噴き出してきた額の汗を毅はブルーのオックスフォードシャツの袖で拭い、手をかけたままロックだけは外しておいたドアを開け放った。

ところが、座席につきエンジンをかけようとして、猫が自動車の下に隠れているのではないかと思い始めた。猫が歩いて道を渡ったものか、プレハブ仮設店舗の後ろを歩いていったものかもわからない。これでは不安でしょうがないと、毅は這いつくばって自動車の下を覗いた。

猫はいなかった。だが、右側面から覗(のぞ)いただけでは陰になっている場所が死角になってしまう。毅は後ろから覗き、左側面から覗き、前からも覗き込んだ。やはり猫はおらず、毅の手のひらは土で汚れ、膝も薄汚れてしまった。

もう安心だぞと彼は断定したが、その矢先、なぜだかボンネットの中に茶トラが入りこんだのではないかという妄想に駆られた。ボンネットの中になど入り込めるはずもないのだが、もし、自動車の下の部分から入り込める隙(すき)間(ま)があって、そこから侵入していたら、エンジンをかけた段階で猫は死ぬのではないか。彼はエンジンの点検中に子猫がボンネットの中に入り込み、知らずにエンジンをかけて無残な姿になったという話を聞いたことがあった。

　そこで、一年に一度も開けないボンネットを彼は開けた。開け方がわからず、説明書まで読んで開けた。中には当たり前だが何も入っていなかった。自分では点検できないほど意味のわからない機械の部品が詰め込まれているばかりだった。

　彼はボンネットを閉め、自らを馬鹿にするように笑ったが、今度は閉める寸前に猫がまたしてもボンネットに入り込んだ気がした。馬鹿にするように笑ったとき、あっけらかんと雲もない空を仰いでいたから、死角が生まれたのである。まさかと思いながらまたボンネットを開け、毅は馬鹿げていると幾度も自嘲しながらそれを確認した。やはり生き物の影も形もなかった。

　段々に毅は疲れてしまった。何か悪い兆候に違いなく、これではもう出かけることもできないという思いで身体を掻き抱いた。

そんなさなかに風峰さんがやって来て、毅は救われた気がした。自分は妄念の虜（とりこ）になったせいで出かけられないのではない。大事なお客様がやって来たので出かけられないだけなのだ、と誰にでもなく、自分自身に言い聞かせた。

風峰さんは言葉を発することなく、いつもよりも小股だったがしっかりした歩みでプレハブ仮設店舗に入り、なんだか疲れ切った様子で溜息をつき、それがむしろ荒い呼吸だというように肩を怒らせた。椅子に座る彼女に、毅は、大丈夫ですか？　と幾度か訊ねたが要領を得ない。

彼女は何かを話そうとしたが、言葉は断片的にしか出てこない。そう言えば、と毅は回想していた。少なくとも二週間かそれ以上、風峰さんは店に来なかった。それは体調不良で来られなかったのではないか。独り身で具合を悪くし、入院でもしていたのではないか。

やっと風峰さんは、お菓子、という言葉を口にしたが、荒い呼吸でその後が続かない。

「病院に行ってきましたか？」と毅は訊いたが、肯定とも否定ともつかない顔で、風峰さんはきまり悪げに笑った。

脳梗塞でも起こしたのではないかと毅は思った。お菓子を選び、何個か彼女の膝の上に置いたり、手で持って選ばせたりしながら、脳の血管の詰まる部位によっては言語に障害が出たり、運動機能に障害が出たりすることがあるということを毅は戦慄(せんりつ)を覚えながら思い返していた。

彼女は好きなみそパンを選び出しながら、それを差し出してきた。欲しいというのだろう。さらにコーラのペットボトルのほうを指差したのだったが、確実とは言えなかったので、サイダーやポカリスエットも持っていくと、やはりコーラであるようで、それを最近まで鍬を振り回していた節くれだった指で差し、頷くのだった。

「こ、に、ほん」

二本欲しいということだろうと、毅は泣き出しそうになりながらコーラをレジ台に運び、そこまでの品々の合計金額を計算した。彼は責任を感じだしていた。脂っこいものや甘いもの、塩辛いものは血管に良くないだろう。そんなことなどお構いなく、美味しそうだと彼女が判断すれば、何も考えずにそれらを勧め、売っていたのである。彼女はこの店さえなければもっと長く健康だったのではないか。

「もう長く生きたから、あとは寝たきりにならないでぽっくりいきたいがねえ」と風峰さんが話していたのを毅は記憶していた。「家族はみんな死んで一人だし、もう贅沢は言わないからねえ」

彼女の数少ない贅沢を、自分が奪ったと毅は感じた。言葉に障害を残しながら、歩くのも容易ではない姿で生き残るのは彼女の望みではなかったはずだ。毅の中に義務と責任という言葉が浮かび、合計金額を失念して幾度かレジに戻り、今一度金額を彼女に聞かせた。彼女は以前もそうしたことがあったが、財布ごとこちらに手渡し、金額分取ってくれと笑うことで表現してきた。その親愛が、さらに毅を打ち据えた。

長く苦しげな嘆息のあと、風峰さんは立ち上がり、プレハブから出ていこうとした。ペットボトル五百ミリリットルが二本入っているし、重たいので自動車で送っていきますよ、と毅が言うと、僅かな拒絶の後に、風峰さんは応じた。それが毅をさらに追い込んでいく。今まで一度として自動車で送られるということがなく、どんなに言っても、どんなに荷物が重くても、後ろ手に引っ掛けて持ち帰っていた彼女が、初めて自動車で送られても良いと判断したのだ。それはそこまでの肉体の衰弱があるということだ。そして、それはきっと自分の無責任な商売によって引き起こされた事態に他ならないと毅は己を責め苛みながら、自動車の鍵を取りに家に入った。入ってから鍵はポケットの中にあることに気がついた。戸締まりしていたのにまた無駄に家の鍵を開けてしまった。そんな間抜けな自分の振る舞いを、毅は憎いと思った。再度開け放った家の鍵はそのままで、戸締まりもしなかった。盗まれても良いとすら思っていた。それよりも風峰さんを待たせることのほうが問題だ。

彼女は自動車に乗り、まるで悪戯(いたずら)でも見つかったように微笑んだ。

「とうとう、送られ、るように、なったが、ねえ」

全然良いんですよ、何も気にしなくて良いんですよ。似たような文言を幾度も毅は繰り返し、内心では謝罪ばかり繰り返してエンジンをかけた。猫がいるなどという妄想はもはやどこにもなく、いたとしても自動車を出発させていただろう。彼の苦悩と、自責、そして何かから降ってきたような恥辱は、冷静な判断を喪失させていた。

風峰さんを彼女の家の庭に降ろす。イヌツゲが植えられ、例年ならば雑草は一本もないが今年は違う。キュウリソウが這い回り、ヒメシバもそれなりの高さに育って居直っている。そう考えると、前回店に来たときにはすでに体調は良くなかったのではないか。毅は自分の鈍さを呪い、荷物を持って玄関に上がる。玄関の上方には蜘蛛(くも)の巣があり、もう輝きさえ放たないほどに埃を被って破れかぶれみたいに張り付いている。そこからは自分で持つと手で合図し、風峰さんは途切れ途切れの御礼の言葉を述べ、僅かに影のかかったような笑みで毅を送り出した。

家に帰り着いた毅は、自分はこの地域に奉仕してきた気でいたが、実は損なってきたのではないかと沈鬱な気分で横たわった。便利であることが、質素であることよりも肉体を損なうことは多い。昔ながらの漬物とご飯ばかり食べた老婆は認知症などありながら、ころりと亡くなった。風峰さんも寝たきりになる位なら、ぽっくり死にたいと話していた。風峰さんは商店がなければもっと健康だったかもしれない。無論、移動販売も来るし、買おうとすれば幾らでも手段はある。だが、率先して自分は彼女を損なったと毅は苦痛に顔を歪めた。

思えばタバコを売り、集落の人間の健康を損なっても来たかもしれない。そんなもの自由だと言い捨てることは可能だった。だが、一人暮らしでタバコを吸い、血反吐(ちへど)を吐いて死んだ老爺もいたし、タバコを吸わなければ肉体は健全であったかもしれない別の老爺は自動車も運転できなくなった。それらが単純に老衰のせいであるのか、それとも商店で売った品物が害をなしたかは永遠にわからない。だが、家族から見れば、その素因としてこの店を挙げることは別段不思議でも不条理でもないと思われた。

母は店を閉めたいという。それは単に体調が良くなく、儲けもないということからくる。毅は自分の都合として、仕事をしているという形式のために店を続けたいと思っている。それだけでなく、自営業者でありたいと思っている。それが他者を傷つけ、苦しめ、悲しみを生んでいたならばどうであろうか。

毅はまるで何もわからず、ただ胃の腑全体が膨張し、何もかも吐き出したくなるような痺(しび)れの内で悶(もだ)えた。何もかもが、自らを悪として糾弾するものに思え、あの猫はその抽象的な表象だったのだと彼は断じた。

武田がペットボトルのジュース詰め合わせを持って訪れたとき、毅は自分の義務と責任について、訥々(とつとつ)と語った。

聞き終えてから武田は、学生時代みたいに少し冗談ぽく毅の肩を叩き、それは極めて貴重な経験をしたなと言った。

「貴重どころか、自責の念にかられているんだよ。こちら側の判断で、風峰さんを救ってあげられたかもしれないんだから」

毅にはお道化たところは微塵もなく、ひたすらにそのことについて建設的な意見が聞きたいだけだった。あるいは、彼の中にはもしかすれば、それを慰撫し、励ましてくれる言葉を待望しているところがあったかもしれなかった。

「そうは言ってもだよ、お前はそのお婆さんを支配したいわけではないだろう？」毅の肩から手をどけて、武田は腕組みした。肉体を酷使する作業などしない彼の腕は学生時代よりも繊細で、組んでみるとどこか貧弱で頼りなげだった。「もしお前がそのお婆さんの欲しいものを勝手に決めて勝手に売りつけたならば、それは管理社会のおかしな象徴になったんじゃないか？」

極めてローカルなね、と彼は付け加えた。毅は反論したかったが、血のつながりのない存在に対してそのようなことをするのは越権行為であることは疑いがない。

「世の中、絶対なんてそもそもないわけだからね」棒立ちしていると疲れてくるのか、武田は冷蔵ショーケースに背中を軽く預け、右足を左足に乗っけて、不格好なファッションモデルみたいな格好をした。「例えば今健康にすこぶる良いと言われているものが、明日には癌かなにかの原因として忌避(きひ)されることだってありえるだろう？　逆に今はまるで万病の素みたいに思われているものが、明日には実は白血病かなにかの——なんでも良いけど——消極的ながら予防になる食材だと言われるかもしれないじゃないか。お前が責任と義務を感じたとして、それはもっと大きな視座で考えると結局決定できないということになるんだよ。だからさ、あれを食べさせていればとか、あれを売らなければとかいくら気負っても、独りよがり以外の何物でもないのさ」

それはそうかもしれないけどさ、と毅は言い淀(よど)んだ。武田はこちらを擁護するために、わざと巨視的な視座で話をしているのではないか、本当は毅に非を認めながら、友人として許そうとして無理をしているのではないか。毅は床板を見ていた。プレハブの今にも踏み抜きそうな弱々しい、しかし破滅的な軋みなどほとんど聞いたことのない柔軟な床板だ。その上に載っかる砂埃は歩くごとに舞い上がり、肺に蓄積されている気がする。もしタバコを風峰さんが吸っていて、それが原因だとしても、タバコに嫌悪感がある武田は自分をかばってくれるだろうか。彼ならば論理を捻り返して別な擁護の台詞を思いつきはするかもしれない。この間の公共という話題は、ひねくれながら今日の話題に接ぎ木可能であるかもしれない。

「その義務と責任というものが意識されるってことにこそ、この店の素晴らしさがある。決して巨大な企業では芽生えない問題意識だ。だから俺は貴重だって言ったのさ」

仮設店舗の横を移動販売の車が走りすぎ、集落の海側に至った頃にクラクションを鳴らした。到着を告げる演歌を大音量で流しても聞こえないという客のリクエストから、クラクションで来たことを知らせるようになったらしい。移動販売のほうが無数の集落を横断できるため、客の数は必然的に多くなり、その結果品揃えも良くなる。だが、店主も高齢なようで、誰かが後を継ぐということもないだろう。その時赤街はどうなるのだろう。そんな杞憂は無意味であり、もっと巨大な企業が移動販売の車を走らせているだろうことを毅はわかっていた。

「いいか？　巨大な企業でお前が直面した問いに誰かが達すると思うか？　誰かは思うかもしれないさ。だが、それは瑣末なものとして切り捨てられる。何故か。彼らは無数の人間で構成された組織に属しているし、そのトップには責任を負うべき存在がいるんだ。ツリー状に、一般的な社員は吊るされ、責任から免除されている。じゃあトップがすべてを背負うかといえばそうじゃない。ただの想像として、そんなものは結局切り捨てられる。例外は食中毒みたいな事件だけだ。まあ、俺はそれでもトップが本気で責任を感じているとはさらさら思ってはいないがね。個々の人間とともに歩んでいきましょう、なんて訓示を垂れながら、それらの目に見えない責任ばかりを散漫に共有しようとするんだ。末端となんら変わりがない。末端の人間は人間で、あまりの数の多さを把握し切れない。もし、顔見知りにそのような不幸があったならば、多少気が滅入るかもしれないが、数日すれば、まるで自分は成長しました、乗り越えました、それでも私たちはサービスを提供し続けないといけないのです、みたいな顔で陳列をし、レジを打っていることになるだろう。この小さな店の、少ない客と、少ない店員という対称的な関係性でこそ、義務と責任という問題は初めて問われることになるわけだよ。その気付きだけでも、俺は得難く、素晴らしい経験だと思うね」

滔々と語り、武田は立ったまま足を組み替えた。毅も少し疲れてきて、冷凍ショーケースに腰を預けた。武田の意見をどこまで鵜呑みにして良いものか、毅にはわからない。友人関係とは大体の場合において全的肯定に陥りやすいものである。彼の論理がそこから捻り出されてきたものでないとどうして言えるだろう。ただ、武田は万引きの常習犯を気取っているから、その分だけ本音であるという信憑性はある気がした。しかし万引きを本当にしているかは、毅はまだ疑っていた。株で儲けた金で品物を普通にレジで買い、自分に届けてくれているのではないかという疑念はいまだある。

「まあ、お前が気に病むことはないってことさ」武田は店を撫でるかのように指で一周した。「その問いが生じたこと、それだけ覚えていればいい。お前はもう超えてるよ。大企業の、大量の仕入れと大量の販売という流れ作業を超えてるんだよ。彼らにとってそれはいわば青春みたいなもんだ。流れていくメロドラマみたいなもんなんだよ。お前みたいに思い悩むのでなく、ひたすらに消費されていく悲劇という物語に過ぎない。しかもそれを感じる人間すら特異でしかなく、他は平凡な日常としか感じてない。それでお前の十倍だか数十倍だかの金を貰っているんだからね。今気づいた。俺の抗議行動とお前の義務と責任という問題意識はパラレルであり、相補的にあるべき人間性の回復なんだよ！　そうだよそうだよ！」

一人興奮し始めた武田に、毅は微笑で応えるほかなかった。そんな殊勝というか崇高（すうこう）というか、そんなものではまるでないと毅は考えていた。ならばなんだと言われると困った。ただ、自分が存在するということが他者の存在を脅かすという事態を彼は酷く恐れ、怖がっていた。

「頑張れよ」と武田は熱狂した目つきのまま強制するかのように言った。「巨大企業に抵抗できるのは、同じように巨大であるものでも、特異性を身につけて中規模に商売をしていくものでもない。小規模でただひたすらに人間的であるものだけが、巨大企業の跋扈(ばっこ)から赤街を救うんだ」

そんなことをしていたら負けは見えているじゃないかと毅は思ったが、それが顔に出てしまい、いかにもその表情が侮蔑と見えたのかもしれない。武田はその話を打ち切り、少し冷めたような声で例の借りたものを返さない男はどうなったか訊いた。

相も変わらずだと毅は言い、そのくせ電話をかけて来るというのはこちらを呪ってでもいるのだろうかと憤り、その問題にかけてはどれだけ攻撃的になっても許され、熱狂を共有できそうだと熱くなっていった。

「そんな奴はボコボコにしてやればいいんだ！」

いつも通り友人らしく乗っかってきた武田は微笑と怒りを混ぜ合わせ、サディスティックな瞳の中の炎を毅に突きつけてきた。毅もまたその通りだと同調しながら、増長していった。今、もし古木さんが奇跡的に訪ねてきたら、二人で殴る蹴るの暴行を加えかねないほど昂奮していた。

「今度そいつをボコボコにするからな。そうすれば必ず金も払うだろう」

　大体の住所を告げたら、武田はそんなことを真顔で言った。毅はそこで一気に冷静になって、もしその住所に行って偶然武田が古木さんに会ったら、本当に殴り掛かるのではないかと恐れた。それは望んでいないと理性が囁くのだったが、同時に古木さんが鼻血でも出るほど殴られれば溜飲が下がるかもしれないという気持ちもあることに、毅は自分というもののモラルについての再考を強いられることになった。

　オレンジ色の光が赤街を撫で回し、二人の瞳を射た。また一日が終わると毅は思った。また無為に終わってしまう。歳ばかり取る。そして、こんな儲からない自営業だけをしてきた人間を、いまさら採用する企業が何処かにあるだろうかと問う。

虻か大きめの蠅かわからない黒い虫がプレハブの引き戸に勢いよく体当りし、衝撃に急旋回して道路の方向へと飛んでいった。毅は店の蛍光灯を点灯し、明るくも暗くもない粗末な建物の中で、人間性と反社会性がまじり合うこの空間に、なぜだか無性に郷愁のようなものを感じて目頭を熱くしたが、武田はただ粗暴さばかり逞しくして、真っ赤な目玉をキョロキョロさせ、獲物を探す獣みたいな顔をしていた。

商店は閉める時間が多くなった。母の具合が日に日に悪くなっていったからだ。

起きることさえ苦役だという有様で、たまに起きてきては目眩がしたのだとうつ伏せになり暫く動けずにいる。トイレに行っては血圧が高くなって目が回ると毅の身体に縋り付き、夜になって寝静まったかと思うと高血圧のせいで具合が悪い、このままだと脳梗塞になると死にそうな声音で言い、毅が救急病院に運び込まなければならなくなった。

そんなことがしょっちゅうあり、毅も疲弊し、母も無論疲れきった。店を閉めて世話というより介護を行い、昼間も頻繁にかかりつけの医者のところまで送り迎えしなければならない。そんなに調子が悪いわけではないのではないかと毅は訝り、実際救急車を呼ぶ騒ぎを起こしても、病院では特段問題があるようではないと医者に言われることの繰り返しだった。

しかし冷静に症状を見て、毅が我慢を迫ると母は怒り狂い、ここまで育てたのに親のことすら見捨てると怒り、怒ることで具合を悪くし、結果また世話の時間が増えることになる。

何もかも古木さんから生じていた。あれから階段を転げ落ちるように母は気力も体力も阻喪(そそう)し、こんな寝たきり同然の状態になったと毅は苛立たしく思ったが、もう古木さんのところに押しかけ、追い詰めて何もかも終わらせる気合が彼にはなかった。

だから、あいつはボコボコにしてやったよ、と武田が電話してきたときには歓喜まではしなかったが、胸のつかえが下りた気がした。

だがすぐに、古木さんの住所はだいたい教えたが、彼が殴ったのは本当に古木さん本人だろうかと不安になった。

「大丈夫、大丈夫。同じ地元だろ。わかってるから心配するな」

電話口の武田は上機嫌であり、そこに嗜虐（しぎゃく）的な事柄を終えたばかりの高揚感を滲ませていた。酔っぱらいではあるまいし、勢いに任せて人違いをして殴りつけることもなかろうと毅は納得したが、考えてみれば金を回収させるというのは念頭になかった。

「そう言えばそうだったな。でも俺、正確な金額知らないし。財布ごと奪えば良かったかな」

豪快に笑うので、もうそれで良いかと毅は家庭内の鬱屈を久方ぶりに解消して思うがままに大笑した。

ところが翌日、古木さんから電話がかかってきたのだった。

「大丈夫ですか？」

唐突に訊いた毅に、古木さんは何のことだかわからないと少し思案し、その後、ああ父は割合元気ですよ、と頓珍漢な答えをした。

「何か変わったことはなかったですか？」

なおも食い下がるが、自転車のタイヤがパンクして修理したくらいですかねと古木さんが笑うので、これは一体どういうことだろうと毅は混乱した。

シナリオは二つ考えられる。一つは武田が人違いをして見知らぬ人に暴行を加えたということ。もう一つは武田がまるっきり嘘をついているということだ。メールなどで母の体調面の心配、あるいは愚痴を呟いていたから、武田が慰めにそんな嘘をついたのかもしれない。いや、もしかしたら古木さんはそのような弱みを見せたくない人間で、瘤と切り傷のある顔で電話をかけてきているのかもしれない。

全くもって不可解なことだったが、毅は確認のしようもないことに囚われているのはやめた。代わりにいつ支払いに来るのか訊いた。しかしそれはもう義務的に訊いたに過ぎなかった。

「明日行きます。必ず。今度は大丈夫です」

「来ないでしょう」

いっとき間があり、古木さんは舌打ちではないだろうが、舌がもつれたような音を出して反論した。

「今回は大丈夫ですよ。五千円支払います。利子ですから」

「じゃあ今からすぐに来てくださいよ」

「今からはちょっと」言いよどみ、古木さんは今度は明らかに小さく舌打ちをした。「交通機関もないですし、自転車では真っ暗になってしまいますし……」

「母が具合を悪くしているんですよ。あなたのせいですよ」

「それをこちらのせいにされても困るんですが」

「じゃあ誰のせいなんですか？」

「知りませんよ」苦い何かを飲み込むように古木さんは僅かに吃（ども）った。「お金を払わないと具合が悪くなるなんて、それじゃあおかしな守銭奴みたいじゃないですか」

そのどこか下卑た言葉に、毅は怒りに我を忘れた。彼は母の体調が悪くなり続けることよりも、自分の負担が増え、それによって商店が完全に終わってしまうことが我慢ならなかった。店を休めば客足は遠のくのだ。それは取り返しの付かないことなのだ。大企業は週に一度も休まないために従業員をローテーションして店を運営しているというのに、我が家は自分しかいないためにどうすることもできずにいるというのに！　それが人間的だとしても、慰めにもならない。それは商売として成立しないということでしかないからだ。

「あなたは最低の人間なんですよ」普段は決して出ない言葉がすらすらと口を衝いた。「嘘をついて人を貶め、金を借りても返さなくていいと思っている。母を耄碌しはじめた人の良い老婆だと思って計画して騙したんでしょう。あなたはそういう卑劣漢なんだ。でもね、あなたは詰まるところどこにもいけませんよ。今だって働いていないいんでしょう。親の年金で生きているんでしょう。それでどこかに辿り着けるなんて思わないことです。きっと野垂れ死ぬのがオチですよ。あるいは誰かがあなたを幾度も殴りつけて薄汚いゴミみたいに捨てるかもしれませんね。いや、もう捨てられた後かもしれませんよ。あなたが気づいていないだけでもう世間からボロ雑巾みたいに捨てられた後かもしれませんよ。お金ならばもう返していただかなくて結構です。すでにあなたは呪われているんですよ。僕からではありません。もっと超越的な何かに呪われているんですよ！」

狂気めいて話し終わった後、毅の脳内でシナプスか何かが切れた感覚があった。一言一言それらはショートするような音を立てて切れていった。それらは失われ、損なわれた。自分を損ないながら、相手を損なうことに成功したと毅は思った。古木さんは無言だ。きっと何も言わずに電話を切るだろう。打ちのめされて、悪しざまに言われたことを一生覚えていくだろう！

だが、電話は切れなかった。深い呼吸の音がしていた。屋外に吹き荒れる嵐みたいな音をたてていた。

「あなたは津波に家を流されたじゃないですか」最初は静かに、しかし古木さんの声は地鳴りのように僅かずつ高くなりつつあった。「我が家はね、全く無事だったんですよ。波の飛沫（しぶき）すら一滴もかかりはしなかったですよ。どこもなんともなかったんですよ。まるで何事もなかったみたいに、俺は過ごしていたんですよ！」

なぜそんなことを古木さんが得意げに、どこか因縁でも付けるみたいに話しだしたのか、毅には皆目見当がつかなかった。何かを誇っているのだろうか。だが、そんな調子ではない。では、何かを憎んでいるのだろうか。しかし、彼の怒りをかぶらなければならない理屈など、毅には津波をかぶる以上にありはしなかった。

電話は切られた。あるいは公衆電話だからお金が尽きたのかもしれない。本当はもっとしゃべりたかったのかもしれない。だが、一体彼に何を語る権利などあるだろう。

暫くの間ぼんやりとし、毅は母を病院へ迎えにいってからやっと開店したため、数十分しか開けていなかった店を閉めた。母には適当なことを言い訳し、古木さんの家に行こうと思ったのだ。行かなければならない気がした。今ならば、三つのドアをすべて開けても動じない決意があった。

ところがである。いざ自動車の鍵を持って外に飛び出すと、一個の石ころに躓(つまず)いた。躓いたというよりも蹴り飛ばした感覚で、毅はバランスをほとんど崩すことがなかった。その石ころは転がって、ちょうど軽自動車のドアの真下に居座った。

少し角のある、しかし全体としては丸い若紫色の石だ。ありふれていて、大きさだって直径五センチほどの、どうということもないサイズだ。ところが、その石がなんともしっかりと居座るので、毅はどこか怖気づいた。

どっしり構えるそれは、その場所に座り込むために製造されたものに見えた。誰が製造するというのだろう。彼は超越的なものという、今しがた自分が繰り出した単語を思い出していた。

石ころは意志を持って動かないでいるように見えた。そんなのは横暴というものだと毅は思ったが、ただ、そのあまりに必然的なありように彼は震えさえした。

跨(また)げば動かさずに自動車に乗れるかもしれない。だがタイヤが、主に後輪が石ころを弾き飛ばすことにならないだろうか。うまく運転すればそれは避けられる。だが、もしもということもある。石なのだから怪我もなければ死ぬこともないというのに、そのことが気がかりでどうしようもない。

まるで、今日はやめておきたまえ、とでも命令されている気分に毅はなっていた。確かに時間も宵(よい)の口(くち)に迫ってはいる。こういう時間帯は事故も多いものだと、どこからか言い訳を引っ張り出している。だが、同時にいま行かなければ古木さんには二度と会えない気がした。そうしなければ、三千円と少しの金も回収することは二度とできないだろう。

そこで、まるで性欲が一気に萎(しぼ)むみたいに、毅は全てを投げ出した。あんな男に二度と会えないとしてもどうでもいいし、三千円ぽっちの金に執着するほど自分は卑(いや)しくない。そんな冷めた意識が全身を浸し、いまさらもやもやと熱を帯びた空気に、彼は幻惑されたようになった。

石は動かない。二度と動かないかもしれない。なぜだかそのことばかりが、今日という日には何よりも重要ごとのように彼には感じられ、それを守り自己を殺すことに崇高な思いさえ感じはじめているのだった。

ある日、母は急に起き上がり、身支度を整えた。パジャマばかり着ていたのが、桃色のブラウスを羽織り、焦げ茶のズボンを穿いた。しばらく運転もしていなかったのに、自動車の鍵を携え、一人意気揚々と出かけていった。

その後の母の行動は、毅は聞いただけであるが風のように素早かったという。三陸縦貫自動車道を法定速度ぎりぎりで走行した母は、古木さんの住むというアパートを見つけるとチャイムを鳴らし、見知らぬ人が出てくると即座に謝り、次のチャイムを鳴らした。都合三度チャイムは鳴らされ、もたもたと出てきた古木さんの父に金を催促した。古木さんの父は病弱であるのはその通りらしく、申し訳なさそうに項垂れながら、神にでも祈りを捧げるみたいに手を合わせ、今は持ち合わせがなく、息子が全て持っている、と告げた。母は、では帰るまで待ちますと告げ、二階部分はあるものの極めて狭苦しいアパートの一室に、止められるのも聞かずに上がり込んだ。明日必ず、とか、今日は帰ってこないかもしれません、とか古木さんの父は言ったが、母は聞く耳を持たず部屋の真ん中にでんと尻を落ち着けた。辺りが薄暮に包まれるころまで母はいて、古木さんの父はお茶を出したり、お菓子を出したり、昼食時を挟んだので一緒にカップラーメンまで食べた。古木さんの父は小心者であり、まるで対処ができなかった。母もそれほどに豪胆な気性というわけでもないのだが、その日だけは相手の都合など知ったことかと、疲れたら横にさえなって古木さんを待ちわびた。帰ってきた古木さんは仰天し、金は今はないので年金が出るまで待ってくれと頭を下げたが、母は、財布を出しなさい、と冷厳に告げた。渋っている古木さんに、サイフヲダシナサイと呪文みたいに繰り返す母は、能面みたいになってどのような論理も通用しないのだった。仕方なく古木さんが財布を出すと、母は中身を調べ、三千四百十三円の貸しを一円も違えること無く回収した。利息は取らなかった。財布はほぼ空っぽになり、古木さんは、明日からどうすればいいんですか、と泣き言を言ったが、母は知ったことではないという顔で部屋を出ていった。夜の帳(とばり)の中を母はやはり法定速度ぎりぎりで走り、家に戻ってきた。レジの中に小銭と札を収めると、母は久方ぶりに夕食を担当し、ご飯に麻婆豆腐、味噌汁にひじきの煮物を作り出した。そして夜中まで健康番組を見てからしっかりと眠りについた。

次の日から以前の母は戻ってきて、家事は彼女が担当した。毅は楽にはなったが、母の、店を辞めるという決意は変わることがなかった。

「これですっきりと、百年も続いた店を終わらせることができるがねえ」

母は淋しげでもなくそんなことを言った。毅は店を終えるとなれば、風峰さんが悲しむのではないかと思い、返事ができなかった。ただ、店があるために彼女の健康を損ねており、義務と責任の中で彼女を支えるという勝手な役割を果たすことができるかと言えば、疑問ではあった。

問題が片付いたのを見計らったように、手を洗う回数が増え出した。どんなメカニズムでそうなっているのか理解できなかったが、ふたたび穀の手から脂はそぎ落とされ、からからに乾いて、ところどころひび割れが起きていた。ハンドクリームを塗るが、塗ったそばから、手を洗わねばならぬ、という命令が降ってくる。いっぽう肉体の内側で粘液質の、それでいて俊敏な何かが跳ね回ることは少なくなっていた。それは穀を安定させたが、同時に虚ろにもさせていた。

一週間以上も、武田はやって来なかった。連絡をしようとも思ったが、それが万引きで盗んだ品物の催促だと思われるのが嫌でメールもしなかった。

二週間ぶりくらいにやってきた武田は、どこか虚ろで、苦渋に満ちた顔をした。

「実は警察に捕まってさあ」と武田は照れたような笑いに随分と影を作って頭を掻いた。「だから今日は戦利品がないんだよなあ」

毅がどういうことかと訊くと、万引きがバレてスーパーの奥の部屋に連れていかれ、容赦なく警察まで呼ばれたらしい。

「あいつらは鬼だ。いや、屑だ」

自分を棚に上げて武田は憤っていた。憔悴した気配もありながら、不当なことが行われたという意固地な信念が彼を動かしているようだった。

「店長は散々勝手なことをぬかしたあとに、言い訳も聞かずに警察に引き渡しやがったのさ。あいつらだってこれが抗議行動だと知れば納得するだろうに、その機会さえ与えられなかった。俺は前科もないから、警察署でこちらを見下したような不機嫌な警官に、ストレスでもぶつけられているみたいに叱責された。奴らはなんでそれが行われたかとか訊きもしない。ただ刺々しい言葉で俺を攻撃するのさ。そしてあくまで事務的に写真を撮影され、指紋だのDNAだのを採取されて帰された。俺はその屈辱に震えながら、数日間何もできなかった。放っておいた株はいつの間にか下がってるし最悪だ。奴らは結局はそれがなぜかを問わない。話し合おうとも思わない。ひたすらに資本の顔色ばかりを窺っているざまなのさ。全くもって拍子抜けだし、もっと言うと落胆したね。それでも懲りたわけじゃない。前科があろうがなかろうが、俺はいつかまた抗議行動を行うだろう」

やめたほうがいいよと毅は言ったが、彼は聞かなかった。それは世界にとって必要なことだと高らかに宣言するのだった。毅は、武田が実は株で大負けして金を失ったから万引きしたと称するものを我が家に届けられなくなったのではないかと睨んでいた。それは希望的観測ではあったが、毅はそうであればいいと願っていた。

我々は敗残者だと言えば、武田は反論するだろう。彼は今まで上にいて、下の者に分け与えてきた。それこそが正しいことであり、彼の考える「世界」に必要なことだった。今度は毅が与える番なのかもしれないが、彼には甲斐性がまるでなかった。今にも潰れそうな店を、肉体を盾にしてなんとか守っているに過ぎなかった。

「あのスーパーはお墓のあった場所に作られたんだ。もう百年も前だけどな」武田は事情通みたいな口ぶりで、また巨大企業を悪し様に言い出した。「何度も名を変え、オーナーを変えながら、立地の良さによって生きながらえ、近年は全国展開しているスーパーの赤街店になっただろう？　だが、いつまでもあそこは呪われているんだ。レジ打ちの女は不倫をし、陳列する男はDVを躊躇なく振るうんだよ。俺はそれに抗議しなければならないし、矯正してやらなければならない。金がなんぼのもんだっていうんだ。誰もがそのために四苦八苦して、身体を壊し、精神を病みながら齷齪（あくせく）している。呪いってのは結局そういうものなんじゃないのかね」

話が右往左往しながら、武田は自己を正当化し、何かに挑みかかろうとしていた。彼は働いていたときに何の仕事をしていたっけ。毅は思い出すことができなかった。友達がいのないやつと言われたこともあり、その通りだと認めなければならなかった。武田はそのとき自分の限界までやりきり、齢（よわい）三十を前にして肉体か精神が崩落するのを知ったのかもしれない。自営業の毅には想像もできないことを彼は経験していて、その屈折を糧に勝ち上がり、いま、負けつつあるのだ。

昔は死刑もあったという万引きを武田がしたのかしなかったのか毅にはわからない。ただそれでも彼は友人であり、数少ない知人の一人だ。彼が存在することがただ愛しく、プレハブ仮設店舗の中では友愛ばかりが饅頭(まんじゅう)みたいに蒸し上がるような気がして、市場から仕入れてきた麦饅頭を自然な動作で手に取り、開けた。

「おい、売り物は駄目だろ」

武田は言うが、いいからいいからと毅は一つを自分の分にし、一つを武田に差し出した。

「これで僕も万引き犯かね」

「お前の家のものを勝手に食っただけだろ」

武田は毅が一口齧(かじ)った後、申し訳なさそうに饅頭を食べ始めた。麦饅頭は塩が効いていて、生地が凸凹だがしっかりしており、つぶあんも甘くいい味をしていた。

「良いことも悪いこともあるさ。まあ悪いことのほうが多いけど」

毅が言うと、武田は一瞬咀嚼(そしゃく)を止め、沈痛な面持ちをしたが、やがて取り憑かれたみたいに饅頭を口の中に放り込むと、一気に飲み込んだ。

「罪の味がする」

武田が冗談めかして舌を出した。毅は、店長はまだ母だから二人とも死刑だな、と武田の横腹をつついた。彼は消化しきれない饅頭に内臓を揺すぶられながら、屈託なく笑ってみせた。

風峰さんは朝早くからやってきた。まだ商店を開けておらず、黄色いカーテンも閉め切られたままだった。風峰さんは直接見なし仮設の家のほうに来て、言葉もなく親愛の笑みを浮かべて、顎(あご)をしゃくるみたいな粗暴さはなかったが、それでも店を開けてほしいのだということはわかった。

言葉は相変わらず覚束ない様子ではあったが、コミュニケーションは容易く取ることができた。彼女が指差すものを毅は取りに行き、判断に困る場合は指差された方向にあるものを三点か四点持っていき、選んでもらった。

時に、塩辛いもの、脂っこいものが指され、それを持っていくとき、毅は倫理的な義務と責任をまたしても自らに問うことになったが、風峰さんは変わらずこの店を愛していると思った。出かけるのは大変であり、一人暮らしで街の店までタクシーで通うなどというのはまるで採算が合わない。この商店ができて本当によかった。仮設店舗を無理にでも開いてくれて本当に嬉しい。風峰さんはそう思っていると毅は想像した。

しかし一方で、この肉体の不調、特に言語障害のようなものはどこから来たのかと彼女は探ってもいるだろう。歳のせいだと言えばそれまでだ。もう九十歳にもなるというのに、畑仕事に草むしり、散歩を思うがままにこなしてこられたことこそが、むしろ幸運だったのだ。だが、あまりにも出来過ぎた生活が、便利過ぎる店があることが、逆に自分を虐(いじ)めてはいなかっただろうか。風峰さんはそう思ったにちがいない。毅は一瞬、憤怒のような、恥辱のような、強烈な感情に襲われ、強く瞼を閉じ結んだ。

一時の間を置いて彼は瞳を押し開き、少しばかり硬直し、苦悩に固まった顔を柔和に解きほぐしながら、円滑に彼女が選択する必要な品物を取りに歩き出した。床はまた踏まれるたびにあられもなく鳴き、であるのに決して踏み抜かなかった。

レジ台に戻ると、そのうえで彼は塩辛い揚げせんべいのお菓子を手に、それを認めるべきか拒絶するべきか逡巡（しゅんじゅん）していた。

勇気を出してこれを取り下げさせるべきであろうか。だがそれは、彼女を支配するということだ。彼女の三分の一ほどにしか生きていない自分がそんなことを考えて良いものであろうか。だが、老いては子に従えとも言うし、自分は子供ではないがまるで子に対するような親しみを風峰さんから向けられていると感じている。であるならば、まるで親族であるように、断念を強いても良いのではないだろうか。

毅は強い困惑の中にあった。正しいことがさっぱりわからなくなっていた。それはタバコだろうがお菓子だろうがジュースだろうが、およそ売れるものならばなんでも売るのだし、買うのは購買者の自由意志であるという、彼の幼い頃からの倫理観との決闘でもあった。だが、風峰さんに商品の提供を制限するとして、他の人に対してはどうするのか。タバコは身体に悪いと販売をやめるのか、ジュースは糖尿病になるとして仕入れないのか。毅に課せられた問いは依然として凶暴な論理的整合性を彼に求めていた。

そこに古木さんの顔が登場する。垂れ目で全体が肥満気味であり、その瞳に幼さを宿しながら、都合が悪くなると口を結んでくるりと回転し、会話を断ち切るあの様が思い浮かぶ。彼は言う。健康を害するものを売りつけておいて金を取ろうなんて、それは道理が合わないじゃないですか、と。それは受け入れがたい屁理屈だったが、ある意味において真実でもあった。彼は真実を語っていたのだ。道理が合わないこと、不条理なことを、端的に語っていたのだ。毅は打ちのめされていた。そして、古木さんを憎んだ。津波への感情に、それはよく似ていた。津波を憎むように古木さんをも短絡的に憎めることに、今彼は享楽を感じていた。

風峰さんがさらに商品を追加したいと、言葉にならない声音で合図した。彼女の指先はリポビタンDの箱に向けられていた。

栄養剤であることは彼女にだってわかっているだろう。しかし、今まで彼女はそんなものは買ったことがない。だが、今になって栄養素の塊を摂取しようと企(たくら)んでいるのだ。

毅はその行為に涙さえ出そうになった。言語をうまく扱えない彼女は、その老齢の衰弱を超えて、力強く跳躍しようとしていた。脳梗塞とおぼしき病気の後遺症など、栄養さえ採れば回復できると信じていた。その信頼に、強さに、彼はただ従うばかりだったのだ。

リポビタンDを一本差し出すと、彼女は言った。

「ふ、ふー、取って」

蓋(ふた)を取ってくれということらしい。毅は蓋を一度開け、もう一度軽く閉めてレジ台に持っていこうとすると、引き止められた。そこで飲むというのだ。

「ほか、のも」と言って、風峰さんは蓋を回す仕草をした。一箱十本買っていこうということだ。しかも、店先で一本は飲むという。

毅が蓋を開けている間に、彼女のハリを失いながらも頑強な喉は、幾度か蠕動し、一気に一本の栄養剤を飲み込んでしまった。その瞳には、商品への信頼とそれを提供する者への感謝と、あるべき自己を回復させると極めて頑強に信じ込む熱情が満ち溢れているように毅は感じていた。一気飲みをした彼女の皺の刻まれた頬は幾分紅潮しながら、歓喜に沸き立ち、刹那だけ老いも若きも超越した無邪気さが灯った。

あまり何本も短期間に飲むと、老齢だと負担も大きいと聞いていたため、毅は間隔をあけながら飲んでくださいとアドバイスした。禁じることはできなかった。

リポビタンDが九本入った箱と、お菓子も含めてそれなりの重さになったレジ袋を、彼女は背後に回した指で下げ持った。

「送っていきますよ。待っていてください」

言ったが、風峰さんはそれをやんわりと態度で断り、ひとり坂道を上がり始めた。その足腰は、まるで以前と変わらず、健やかに、歩道もないコンクリートを的確に捉えていく。

せめて付き添おうとした時、毅は石を蹴った。それはこの間の石に似た五センチくらいのもので、コンクリートより少し濃い色合いをしていた。石は転がって道路の真ん中にどんと居座った。その石の存在が、彼を打ち据え、そして高揚させた。

今すぐ毅は、自分の顔を見たいと思った。だから、プレハブの窓に自分の顔を映そうとした。だが、そこには建てられてからもう数年が経過したため、郵便局やら日本たばこ産業やらから送られてくる宣伝のチラシが大量に貼り付けられ、隙間はなかった。

焦燥に駆られて彼はテープで貼られたそれらのチラシ――かもめ～るだとか年賀はがきの当選番号だとかタバコがどれだけの税金を国に納めて貢献しているものかなどなど――を取り外していった。窓に付着したテープの破片はなかなか取れない。以前もそうだった。生家でも店先のガラスに貼り付けられたテープはなかなか綺麗に剝(は)がれず、こんなものかと手を抜いた彼は母に叱られることになった。その、汚れていたが生まれた頃からあったガラス張りの店先は、津波の後一欠片の破片も見つけることができなかったのだ。

今また、彼は誰に命じられるでもなく行った行動で手を抜き、ガラスは綺麗とはいえない状態のままだった。確か、ホームセンターで綺麗にするための薬剤が売られていたと思ったが、今は買いに行く暇はない。

しようがないので家の中から濡れ雑巾を持ってきてとにかく擦った。付着した砂埃だけ取り除けて、殺はそれで満足してしまった。

ガラス窓に彼は自分の顔を映し出した。そこに成熟の面立ち、あるいはもっと超然とした何かがあればいいなと望んでいた。しかしそこにあったのは二つの眼窩(がんか)に生卵みたいな空虚な目玉を嵌(は)め込まれ、右往左往したために荒い息を吐く楕円の口元をだらしなくし、その総体が極めて均衡を崩しかけた、老いと若さの中間の、まるで悲劇めいた時間の狭間(はざま)にいる、あられもない一個の顔だった。

それをどう評価すればいいかは毅にはわからなかった。ただ、何かが動揺し、何かが生成しようとしているのは確からしかった。それは少し彼の心を安定させ、揺り籠のようなものに包まれている気分に誘い、やがて痺れるような恍惚を連れてきた。

「あの。すいません」

高揚の渦中にあった毅は人の接近に気づかなかった。照れ隠しの笑みを浮かべて振り返ると、そこには古木さんがいた。痘痕のある細面を卑屈に歪ませて、恥じらいによって手持ち無沙汰な様子さえ漂わせながら、瞳はしかし、獰猛にまっすぐに毅を見つめている。

毅はそこで以前のように冷酷な表情をすべきだった。蠅か蚊を追い払うような心持ちで、そのどうしようもない惰弱さとうんざりする厚かましさを持った相手を追い返すべきだった。

ところが、毅はそこで何かが落着したように錯覚してしまった。「いくらくらいだくらいですか?」そう柔和に問うと、古木さんは、ぼそりと二千円くらいだと答えた。

「わかりました」と毅は告げて仮設店舗の引き戸を開けて、古木さんを招き入れた。古木さんは幾度も頭を下げ、ポテトチップスとカップヌードルを二個とチャルメラの袋麺とハイチュウのストロベリー味とオランジーナとふくべ煎とあんぱんとコッペパンと市指定の燃えるゴミ用の袋二個とガーナの板チョコ二枚とスーパーカップのバニラ味を三つレジに持ってきた。二千二百十三円だった。

古木さんは幾度も頭を下げ、必ずすぐに払うと繰り返しながら背を丸めてレジ袋を手に持つと、自転車の籠に入れ、ペダルをこいで去って行った。

どうだと言わんばかりに毅は石のあった方向を見た。

ところがそこには自分を評価してくれるはずの石はなかった。どうやら自動車か何かに弾き飛ばされ、向かいの家の砂利の中に紛れてしまったらしい。

毅はその中からたった一つの異なる石を探し当てようとしたが、そんなものはどこにも発見できず、向かいの家の、留守か在宅かわからない住民の視線ばかりが気に掛かるのだった。

諦めて家に戻ろうとしたが、気づけば猛烈な怒りが身に宿っていた。と同時に、この怒りさえあれば、どんな苦難も乗り越えて行けそうな気さえした。手を洗う日々はこれでまた終わるだろう。脂を失い痛痒相半ばするひび割れた掌は綺麗に復活するだろう。

まずは集金をすべきだろうと毅は考え、永遠にやってこない相手を追いかけるために背筋をぴんと伸ばした。今の自分は獣を追い詰める古代人のように精悍(せいかん)な顔立ちをしているのではないかと信じたが、それを確認することはとうとうなかった。太陽は雲間に隠れ、今は援護できないからまずは運転は控えるようにと、告げた。

初出　「文藝」二〇一八年冬季号

日上秀之　ひかみ・ひでゆき

一九八一年、岩手県宮古市生まれ。
「はんぷくするもの」で
第五五回文藝賞を受賞しデビュー。
岩手県在住。

はんぷくするもの

二〇一八年一一月二〇日　初版印刷
二〇一八年一一月三〇日　初版発行

著者　日上秀之
ブックデザイン　鈴木成一デザイン室
装画　ダイモンナオ
発行者　小野寺優
発行所　株式会社河出書房新社
〒一五一―〇〇五一　東京都渋谷区千駄ヶ谷二―三二―二
電話　〇三―三四〇四―一二〇一（営業）
〇三―三四〇四―八六一一（編集）
http://www.kawade.co.jp/
組版　KAWADE DTP WORKS
印刷　大日本印刷株式会社
製本　小高製本工業株式会社

Printed in Japan　ISBN978-4-309-02760-9
落丁本・乱丁本はお取替えいたします。

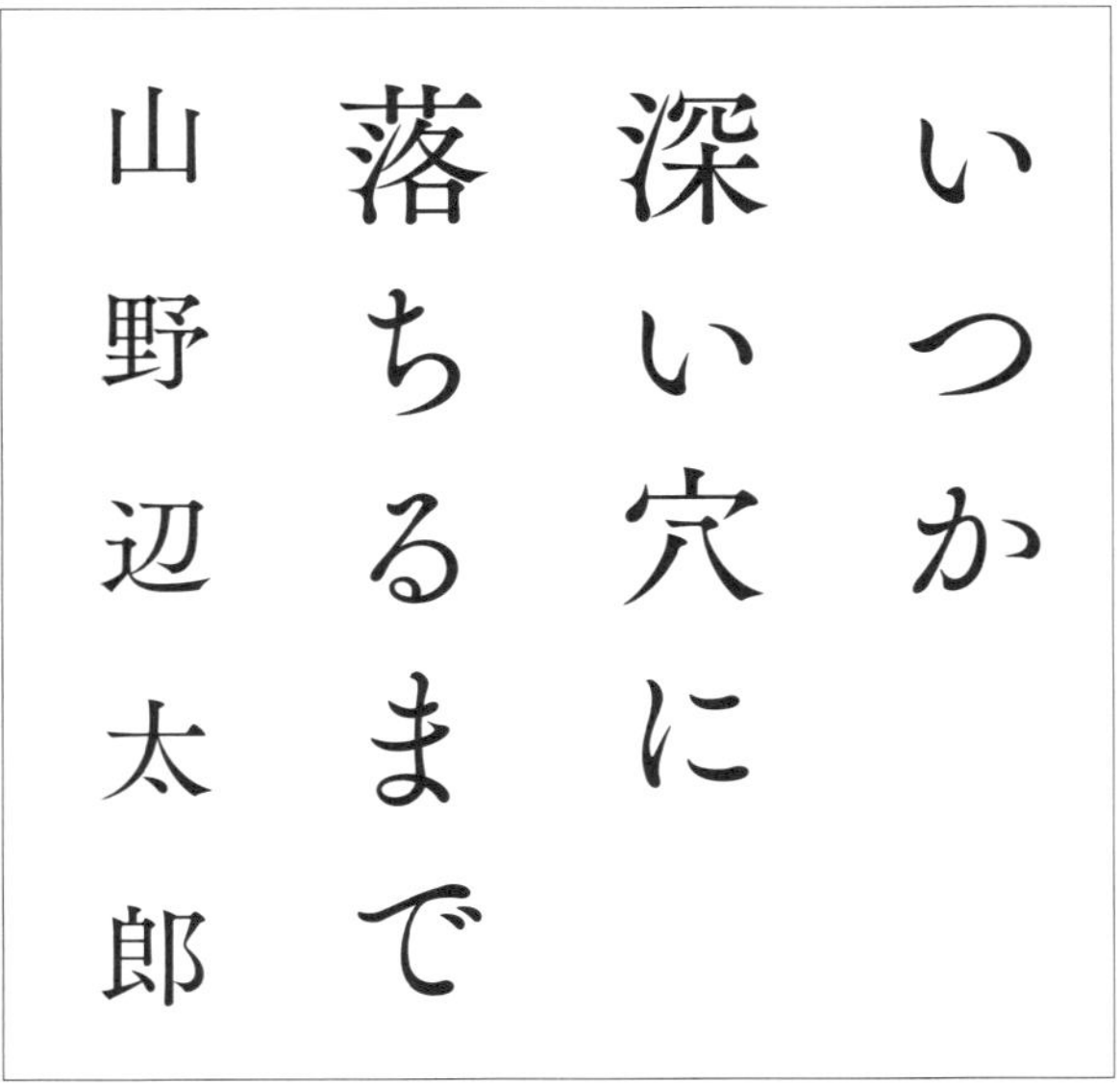

サラリーマン・鈴木、
人生を「穴」に賭ける。
人類は、地球を貫く穴を通れるのか？
日本―ブラジル間・直線ルート開発計画が今、始まる。

選考委員驚愕の
第55回文藝賞受賞作。